暗夜裡的白日夢

酒店男公關與我們的異視界

謝碩元

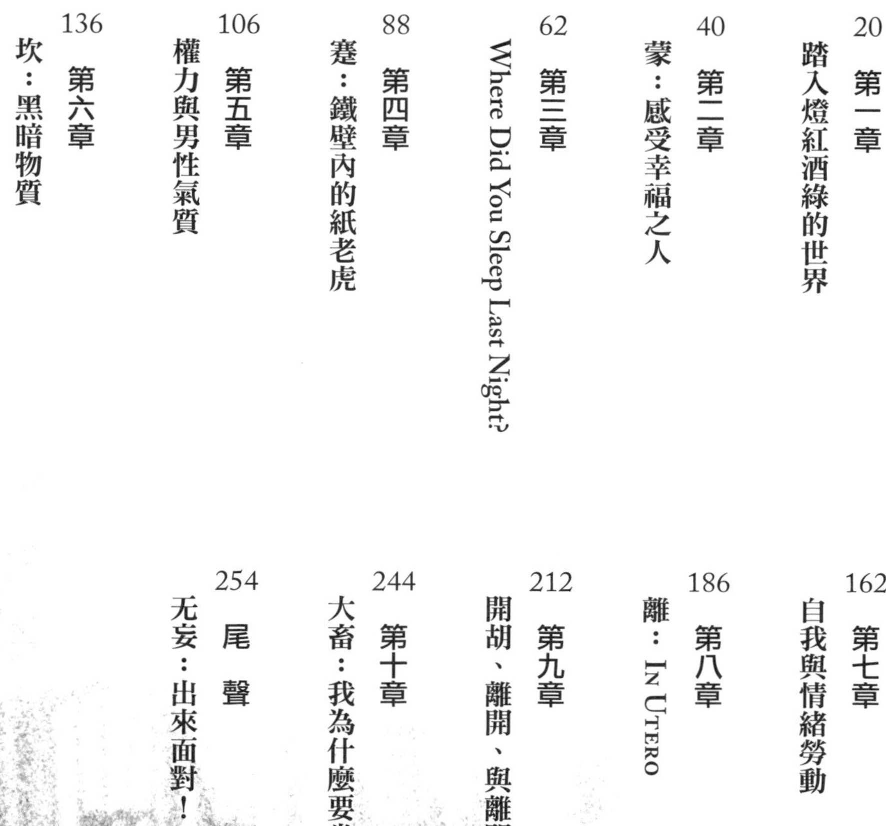

我很有種！
臺大生謝碩元為論文當酒店男公關

【ETToday 東森新聞雲 2013 年 3 月 30 日】

臺灣大學社會系學生謝碩元為了寫研究計畫，到臺北市「鑽石」仕女俱樂部當酒店男公關；他的研究不僅獲得臺大社會系認同，更通過評選獲得國科會經費補助研究。經過這段實地經歷，謝碩元表示，「以前不敢做的事，現在變得更勇敢去嘗試！」

謝碩元從去年底至今年初，花 8 個月的時間進行〈酒店男公關的男性氣質與性／工作正當性——一個民族誌的探索〉研究；其中有一個半月親自「下海」，到林森北路一家酒店擔任男公關。

内免費
啦飆網
通話費）
0元通

暗夜角落裡的華麗一族

謝碩元大概不知道，我對他的第一印象竟是他剛上大二，搭訕外系女同學的模樣。「這哪算搭訕，我是主動幫她們找組員耶！」他肯定會這麼反駁我吧。

其實，他攀談的樣子的確很自然而不做作，熱情流露卻不製造壓迫，讓人難以婉拒。這似乎是一種易於與人「博感情」的人格特質和社交才能（且男女通吃），如今看來就像個伏筆，預告著他如何順利進入酒店進行觀察研究。

不過，當時他的成績很糟，甚至面臨退學危機。主要原因倒不是常見的玩很大或患憂鬱，而是他把時間全都投入音樂創作和社會運動。

身為他的導師，我被要求予以監督，但我始終沒干涉什麼。畢竟他又不是渾噩頹廢過日（即便如此，我也可以同理接受）。相反的，他只是熱切奮力地燃燒自己的青春，用各種創作一點一滴實踐改變社會的想像。我其實相信並支持他的選擇。

後來他修了些自己真正感興趣的課，成績也開始從谷底攀升，漸入佳境。在大學最後一年時，他跑來我研究室，眼裡閃著興奮的光亮，說他想做一項獨立研究，同時申請國科會的大專生研究計畫獎助。我心裡想著：前者大有可為，但後者大概無望（獎助這東西啊，向來不都是成績優異學生的權利）。

這個近乎白目的勇氣與放手一搏的熱血，竟也莫名激起了我的幹勁。於是從寫推薦信開始，我決定一路奉陪。

他像是進入一場熱戀，專注、用力地著手撰寫計畫，對自己接下來的挑戰也有點自信並且樂觀。以至於當國科會公布他得到獎助時，我竟然比他還要驚訝興奮。

在此先特別謝謝諸位匿名審查委員，希望你們有機會翻閱此書，並能感到欣慰。倘若沒有各位的開放心胸與支持，這個表面上看來不太「正派」的研究構想，可能就會胎死腹中。

如果說國科會給予我們名正言順的研究立足點，那麼「鑽石仕女俱樂部」裡的人們，無疑就是讓這個研究得以順利攀爬前進的驅動者。透過謝碩元真誠地引介與生動地描繪，身為指導教授的我彷彿也與他們熟悉起來，不僅瞭解了這個場域裡的運作規則和互動方式，更具體鮮明地知道哪位先生擁有哪些才華技能、誰又有什麼吸引人的獨特氣質等等。我相信這本書的讀者們也將和我一樣，透過文字認識真正的男公關（不再被汙名化的男公關）。

研究進行期間，我總是不斷提醒碩元，沒有人有義務要回答我們的任何一個問題，所以面對大小協助（甚至拒絕協助），我們都該抱持絕對的感恩（或者同理接納）。

但顯然我多慮了。

其實這個計畫最成功而有趣的一點，便是謝碩元作為「研究者」的這個身分，在鑽石仕女俱樂部工作期間自然消失（且不是刻意欺瞞）。也因此，他就是男公關之一（儘管還是隻菜鳥）。男公關不是謝碩元的「研究對象」，而是他的工作夥伴、他的指導前輩。既然權力關係反轉平衡了，他們當然可以沒有界線、打屁搞笑、安靜談心，甚至嚴肅討論。

這本書，建立在如此的信任基礎上，以細膩筆法書寫男公關世界的點點滴滴。

但本書不只如此，否則就如同週刊雜誌裡的一篇深入報導了。

謝碩元還是善盡了研究之責。雖然他並未採用傳統論文報告的格式，乍看刪除了學者們非常在乎而大眾望之卻步的文獻回顧和理論對話，但細心的讀者仍會發現，他其實把重要概念融入不同故事的段落裡了。比如，在描述酒店裡有趣的「話術」文化時，他就同時引介著名的「情緒勞動」觀點，深入淺出地串聯了經驗現象與抽象理論。

我經常自嘲，作為學者總愛把簡單易解的現象及其原因，用複雜難懂的概念加以歸納，再佐以西方移植進口的繞舌術語。於是搞得隔行如隔山，不在其學術領域的人既無法理解也不感興趣。這本書的寫作策略，恰與這種學院身段相悖。雖然碩元確實有著某些學術關懷和問題意識，但他卻能放下這層面具（為了貼近更多群眾讀者），「深描」研究場域裡的人事物，也試著消化先前論文裡的精彩討論，將之重新融入書寫。

因此，這本書沒有既定類型文體的框架，而採取了一種大膽的、後設的形式，我欣羨這種自由。

單數章節描述發生在男公關酒店裡的各種經歷，而雙數章節則是以虛實參半的小說體格式，書寫一段慘綠掙扎的少年際遇。前者是現在進行式，是交織著工作、生活與研究的綜合行動；後者則是過去完成式，是構成作者之所以擁有如此生命樣貌的記憶，並由此發掘促成這些行動的複雜動機。

其實，晚近許多社會學、人類學家在從事田野調查的時候，對於研究與生活界線的交疊混融之處，都比過去更加敏感，而不再單純予以切割劃清。如何既能「入乎其內」而深刻同理，又能「出乎其外」地抽離反思，這是相當困難，必須不斷反覆練習的。我很肯定謝碩元在這一點上努力琢磨出的成果。

我忘了自己是否曾經跟謝碩元說過：「要讓困難的事物變得簡單，讓簡單的事物變得有深度，讓有深度的事物變得有趣。」（出自日本劇作家井上廈所言）不過沒關係，我想他已經透過這個研究和這本書，為這句話作了一次完成度頗高的實踐與示範。

寫到這裡，我突然想起自己第一次收到謝碩元的作品，那是他和樂團同伴自費壓片的專輯，CD封面以狂放的字跡題著暴氣又搞笑的名稱：「幹不需要理由」。粗顆粒的龐克詞曲，直白嘶吼，控訴著社會不公，或許也同時吶喊著——他在學院規訓中的水土不服。

他曾經跟我說，他喜歡社會學，社會學讓他學會如何反思和反抗社會。但是，他也討厭社會學，因為建制化的學術訓練讓他只能如此這般思考及反抗。

我點頭同意，我說：「真正的社會學想像——會連自己的慣性都一併反省和對抗。」

幸好那時他沒被驅逐出境，才能在邊陲的角落重新安身立命。在這群同樣位居社會邊陲，就學院研究對象的選擇標準而言頗為「政治不正確」的酒店男公關身上，謝碩元似乎找到了一種奇妙的歸屬認同，一種不同的生存方式與態度。

即使每天都得看人臉色、表演溫馴、陪笑慰泣，也能不卑不亢、有進有退地活著。他們是暗夜角落裡的華麗一族。

謝碩元應該知道，我對他最近的印象就是他每天埋頭寫書、瘦到皮包骨的模樣。這絕對不合格啊！老弟！書出版了，你暫時會是「鑽石」的代言人，不帥氣一點怎行⁉

臺灣大學社會學系助理教授　李明璁

自序

無法切割的我們與你們

二〇一二年的夏天，我做了一個重大的決定：赴酒店擔任男公關。

在這個經濟蕭條、工作難找、物價比天高的時代，我一直在思考一個關乎我自身與社會的問題：要怎麼生存下去，又能實踐自我的理想？我四處搜索答案，卻始終找不到可以同時滿足兩者的方式，要嘛不是委曲求全做自己不願的工作，要嘛就是得為了理想餓肚子。

因緣際會下，我在香港與日本兩地結識了一群朋友，並在他們身上找到蛛絲馬跡。香港一批新一代的年輕人合力租下無人使用的老舊廠房，儼然在工業區創造一塊屬於自己的文化聚落；日本一個名為「素人之亂」的團體，在東京的高円寺打造出以二手買賣為主的小社區，一邊收集過多且浪費的生活用品販賣，一邊在生活中創造更多可能。

是的，答案好像可以在「生活方式」中摸索。

然而，在台灣經過一些失敗的嘗試後，我卻始終不明白我「要」的「生活方式」到底是什麼？在台灣這片土地上又該如何在地化？或者換個方式來問——我所「不要」而抗拒的究竟是什麼？

在思考這些問題時，輾轉透過一位好朋友「小翔」得知男公關的世界有著與「正規」社會截然不同之處，比如，「性」與「性別」、勞動的方式、乃至於一整套攸關「存活」的「價值體系」。

「當個男公關」的念頭從此在我心中醞釀而發酵，肇始我用身體探索「酒店文化」是否為我所嚮往的「生活方式」。此外，我還向國科會申請一份論文研究案，希望能經由文字來爬梳自身的經驗。

而之所以要寫作本書，又是另外一個問題了。

社會學是一門建立在實證科學之上的學科，換句話說，它先天上就必須具備相當程度的客觀性。在我踏入社會學殿堂並閱讀大量文獻後，固然許多前輩為我打開一道思考的方向，然而我卻不斷困惑著——如果「人與社會」是我們關心的核心範疇，為什麼作為主詞的「我」，也就是研究者自身，往往在研究著作中隱而不見，好像深怕某種客觀性會遭到「我」的摧毀？而理應作為研究主體的被研究者，卻又詭譎的淪為「被詮釋的客體」，令研究者與被研究者形成一種階序關係。說到底，難道「我」不也是在既定社會中成長（不管與被研究者的異同與否），帶有某種價值觀，而必須與被研究者一同在研究中「現身」，同時被批判與反省，才能完整交代的嗎？這就好像一項科學實驗，必須註明研究時所用的儀器與各種變項以供重複驗證。同樣的道理，在社會學的領域，作為觀測者的「我」，自然也是研究中需要交代的重要一環。

當然，我無法在現有追求客觀性的論文中闡述上述的困擾，但如果作為一本書，機會便大的多了。因此在本書，社會學不是一門學科，而是一條與靈魂深刻連結的繩索，將「我」與男公關們聯繫起來，我擁有自身的情感、反省與批判，他們亦然。

嚴格來說，全書共分為兩部分，單數章節為我在酒店工作的經歷，其中包含我的雜感與社會學的觀察，並保留了論文中兩個最重要的概念：「男性氣質」與「情緒勞動」；雙數章節則欲回答另一個關乎「動機」的艱難問題。

之所以要撰寫第二部分，是因為屢次被問到「為什麼要當男公關」時，我都不知該如何回答。我認為一個再簡單也不過的「動機」，必然包含了細緻而縝密的心理歷程，而與個人的學思經歷息息相關，因此，它是一個關乎「經驗」的巨大問題。

可是，我要怎麼用簡單的話語來解釋我的「經驗」呢？太複雜了。複雜到有時我自己都不清楚「我」的經驗究竟是什麼。

忽然間，我想起了兩人。他們是我的密友，有著令我敬佩的學識、不可思議的人生經歷，並深深的影響著我的「經驗」，有時我甚至懷疑，他們對我影響之深，會不會已經與「我」這個人產生緊密依存、如膠似漆的關係了呢？

比起這兩個朋友，我的「經驗」顯得微不足道，那麼，請讓我任性一下，先用兩個人的故事代替我自己，最後再回到我與他們相識交往的過程。如此一來，就可以清楚回答這個關乎「動機」的龐大問題了。

由於全書的兩個部分緊密相結，建議按照本書的排序閱讀，會有更多樂趣。

本書能夠完成，首先要感謝「鑽石仕女俱樂部」的所有同僚，願意接受我隱瞞身分，也要特別感謝老闆「孝哥」，如果你當初反對我的研究請求，這本書不會出版；謝謝我的指導老師李明璁，願意冒著風險指導像我這樣一個長久以來「不求甚解」的學生；謝謝時報主編顏少鵬看上我的論文，讓我一了付梓的心願；謝謝小翔和「罷黜者」樂團的好朋友們，我們始終扶持，往前邁進；謝謝李若雯幫我審稿，妳的意見讓我的書寫方向大轉變；謝謝瑞奇不但忍受我寫作時的焦慮，還幫我畫插畫，讓全書更豐富；謝謝蘇品銓與酥酥兩人設計封面的努力。謝謝長久以來一直在我身邊噓寒問暖的朋友們，讓我在最低迷的時候感到無比窩心。最後要感謝我的家人，你們始終保持開明而支持的態度，讓我能自由揮灑。

我的摯友謝碩元

謝謝你邀請我來作序，也很高興我能成為你的寫作題材。這表示，我們之間超現實的友誼關係，得以回到現實了。

首先，要先向你說聲抱歉。我和石震鵬兩人已經習慣躲在暗處，操著我們的術語，朝著他人品頭論足。相信我們剛結識時，這令你感到相當不自在吧？儘管我知道現在已經不若當初，但我始終對你懷著一絲愧疚。

對不起。

但我必須說，我已經習慣身為一個超脫者了，你突然要把我們拉回現實，對我實在造成了莫大的恐懼！長期的武裝整備，早已把我本來脆弱的肌膚鍛鍊成銅皮鐵骨，不管是明槍暗箭、冷嘲熱諷通通對我無傷。自然的，對你，也不例外。

對不起。

接下來的話可能不太好聽。

當初你邀請我替你的書作序時，告訴我要坦然，因為這是一本坦蕩蕩的書。但我卻必須告訴你，這世界上根本沒有坦蕩蕩這回事。即便是全天下最自戀的人，都有他自己摸不清的地方，他也許有辦法當眾揭開自己的衣物，但他卻無法確定自己身上哪一塊肌膚有所破損、身體內哪個器官正在病變。

是的，他永遠無法徹底了解自己，也永遠無法坦蕩蕩。

這就是我一直苛責你的。雖然我與你相處得非常融洽，但我表現出來必定與你所見的有所不同。

就算這之間的差別微乎其微，但其實也是天差地遠。

你是拿筆的，你就是這世界上比希特勒還霸道的獨裁者，也是比任何一位天神還要強大的造物者。而我作為一個對威權與束縛永遠持抗拒意見的反對者，就有這個義務在整本書的開頭，好好罵你一頓。

那麼，我為什麼甘願被你拉回現實，不好好過我的生活，繼續當我的超脫者呢？

後來我想通了，即便你是個獨裁者、造物者，你永遠也無法箝制這世界最不朽的存在——心靈。你霸道，但你能夠徹底消滅反抗你的一切嗎？你能殺人，但你能殺掉集體意識嗎？你無所不能，但你能侵入千頭萬緒之中，並逐一修改成你要的樣子嗎？不能！

所以，看見你做出一件這麼可笑的事情，身為你的密友，我願意犧牲我習慣的舒適圈，讓你學個教訓，讓你粉身碎骨之後，習得心靈的不朽。

就當作賭一把吧！

以上。

你的摯友　陳穎禮

本書的人名與地名均為化名。

第一章

踏入燈紅酒綠的世界

#0

「跟我上樓，好嗎？我爸媽現在不在家……」

范妮莎喝得相當醉，口中吐出的酒氣混合身體香水的味道撲鼻而來。她拉著我的手左右晃動，胸前深Ｖ的洋裝裡，藏不住的春光隨波蕩漾。

我與她四目相望，滿心掙扎。

早晨的臺北街頭，陽光普照。她家樓下豪華的大門前，剛好是鬧區，車子的引擎聲與喇叭聲在我耳後轟鳴著。這些聲響縱然巨大，對現在的我來說卻變成了背景，我彷彿已經超脫知覺範圍。

她的意思再清楚也不過了，如果跟她上樓，我就成為大家成天掛在嘴邊，光榮又下流的「炮FI❶」，可是，她長得如此美貌而性感，渙散的目光如陣陣秋波撩撥著我，於是我開始想像，她玲瓏有緻的身材褪下衣物會是什麼模樣；她富有彈性的肌膚，摸起來是什麼觸感……

突然，一種莫名的道德感油然而生，暗中警告我這樣的行為是不好的，如果逾越這條線，將招來惡果。

「我等一下還要回公司和組上開會，改天再約吧！有事可以打電話給我……」語畢，我轉身就走，向路邊的計程車招手。

這時，我感覺到一團溫軟的觸感。

她抱住了我的腰。

「我都這樣求你了，人家是女生欸！」她以一種半嬌蠻半絕望的語氣，對著我說。

一個女生以這種姿態對男生提出這樣的要求，肯定要拉下不小的面子吧？更何況，她是一個如此驕縱且充滿自尊心的女子。

❶ FI：指男公關。來由已經不可考，一說是取「星期五餐廳」（Friday Restaurant）的諧音。星期五餐廳指過去曾風行一時的男性陪伴女性跳舞之店家。

想到這，我的心又軟了。

對研究者而言，到底怎麼拿捏投入研究時運用身體的界線，從來沒有定論。如果我跟她上樓了，也許能有更切身的經驗吧！而且，就算真的做了「炮FI」，又怎麼樣？

咦？我怎麼開始自己替自己找藉口來著？

我看著她的眼睛，心裡持續天人交戰。

#1

在燈光昏暗的小包廂內，我戰戰兢兢的用發抖的手，提筆對著標題為「基本資料表」的表單，逐一填寫。

「因為想賺大錢才來工作……我不是來吃香喝辣、飲酒作樂、胡亂把妹，而是來認真工作的……我不是因為走投無路才來做男公關的！」我在心中默念事先推敲好的回答，迎接等會兒的面試。

在這之前，我並不是沒有做過類似的事，不過是面試嘛！何必那麼緊張！何況，這張表單內容非常精簡，工作經歷與學歷整個省去，一張Ａ４紙空蕩蕩的只有幾個欄位，不必擔心字寫太大而超出框格，也不必擔心透露太多訊息被面試主管做身家調查。

寫著寫著，我彷彿可以看到紙上跳躍著一隻來自暗夜的小精靈，一邊舞動一邊說：「放心吧！在這裡沒有人會過問你的出身，那些來自白天的折磨通通不存在於此！」

我安慰自己，起碼現在不必煩惱被問起學歷後，將面對的異樣眼光以及種種質問。因此，我的另一個身分——社會學研究者——可以暫時獲得隱藏。

當我在最後一欄簽下自己的名字「謝碩元」後，便無事可做了。此時，緊張與無聊同時襲來，身體官能跟著放大，一點變化雖可使我從百無聊賴中解脫，卻又將遭受因緊張造成的高度刺激。於是，我開始搜尋一切可以排解無聊的事物。

我瞪著基本資料表上的字跡，寬敞的欄位令我的名字顯得狹小而格局不夠大，彷彿牢籠中關著一名瘦弱的囚犯，如果還有機會再填一次資料表，我一定要把名字簽得符合比例一些。

俗氣的電子舞曲從門縫中擠入，每一次重拍都令菸灰缸與玻璃桌面產生震動，發出「喀喀」的聲音。

「喀喀……喀喀……喀喀……」，不知不覺，這令人感到煩躁的聲音，占據了我的心神，推著我走。

「轟隆！」正當我專注其中，本來從門縫鑽入、被屏障著的音樂，突然放大，湧入這間小包廂。抬頭一看，只見一個黑色碩大的人影立在門前，不疾不徐的關上門。

小翔用手肘頂了我，把我從神遊狀態拉了回來。

我錯愕了起來，不只因為這人突然進入，更錯愕的是原來小翔一直坐在我旁邊。

然而仔細一想，小翔又確實就是那麼樣的人，當你忙起來時，感覺不到他的存在；但當你回過神來，才發現他一直待在你身邊。當你問他為什麼總是躲在暗處嚇人，他不會正面回答問題，反而會先與你分享他最近思考的哲學問題，譬如說：「為什麼瓶子以這樣的型態在這空間中存在？」或是「這支筆為什麼是一支筆？」他經常反問我：「你在問我一個關於存在的問題嗎？」如果你跟他繼續辯論下去，他會滔滔不絕的提出好多個論點來解釋，卻又沒有一個能說服他自己。

小翔就是這樣一個經常遊走在沉思與空想之中的人。

「你們兩個是來面試的吧！」壯碩男子走到我們面前坐下，手肘靠著桌面，雙手交叉，下巴頂在手指之上，「先說說為什麼要來做這個行業。」

小翔面不改色的說：「我之前就在這裡做過了，最近想回來。」他指了我一下，「他是我帶來的新朋友。」

我看了小翔一眼，背誦般的說：「我想要嘗試這份工作，賺多一點錢。」

壯碩男子點點頭，用銳利的眼神看著我們，說：「我叫大寶，有些人基於禮貌，叫我一聲寶哥，你們要怎麼叫我，我不怎麼在意。」他頓了一下，「你們要來這邊上班，我非常歡迎，你們也十分幸運，因為來這邊是學習人生道理、磨練社會經驗的。」

大寶身高大約一百七十公分出頭，皮膚黝黑，骨架寬大，胸口厚實，身穿黑色V領合身T恤，黑色直筒長褲，有著一張方方正正、略為肥厚的臉龐。他的五官和面容一樣，格局方正，一對濃眉配上細長而有神的眼睛，還有一個方形鼻子立在十字軸正中央。

他留著分線分得一絲不苟的旁分短髮，像前一個年代的人物。如果要譬喻的話，可以說是整體身形比較肥短、氣質比較老派，年紀比較大的吳奇隆。

吳奇隆開門見山的說：「來這邊工作，作息要正常，下班後不要跟客人去續攤，立刻回家睡覺，別搞得自己上班沒體力。以我自己來說，我跟所有客人還有同事表明，晚上六點過後才能打給我，因為那才是我的工作時間。平常的時候，最好多運動、多看點書，把自己的知性氣質建立起來，客人才會欣賞你。還有，挑一套正式點的衣服來穿。」

他對於我們兩人的穿著，流露出不太滿意的神情，繼續用有條不紊的口吻說：「你們不要看我今天隨便穿一件黑色T恤搭配運動長褲，那是因為今天我休假，剛好進公司晃晃就被叫來面試。」

他意味深長的頓了一下，好像希望我們好好思考他接下來要說的話：「一套正式而整齊的服裝，永遠不會退流行，女生永遠會喜歡，像現在流行什麼韓系、日系服裝，只是一時的風潮，騙小女生還可以，當男公關就不合格了。」

我有點迷惘了。從一開始的「學人生道理」，到現在的「作息正常」、「知性培養」、「服裝儀容」等用語，竟然如此正向而且有紀律，一點都不含糊，跟外界所描述的亂七八糟的職場環境，落差極大。

我還沒回神，大寶用帶有些微臺灣國語的腔調，滔滔不絕說著：「……不過，真正重要的是把你的市場找出來。把市場區隔做好，建立你的風格後，就不怕沒生意做了。」他將目光轉移到小翔身上。

「你叫小翔對吧？」

小翔點了點頭。

大寶把他寬大的臉湊到小翔削瘦的臉旁說：「你之前就在這個行業待過，你應該知道市場區隔的重要性吧？你不覺得自己在外貌上勝過別人很多嗎？」

小翔沒有接話。

「但你應該也知道，光靠一張臉吃飯沒太大用處，你看看，我長的帥嗎？（不帥，我心想）但是我一個月可以賺到三十萬，很難相信吧？（難以置信，我心想）」此時，大寶站了起來，龐大的身軀遮住了光線，他手指向門外，驕傲的說：「不信你去外頭看看排行榜，我在哪個位置！」

我與小翔不發一語，不清楚為何他如此激動。

大寶緩緩的坐回原位，眼睛緊盯著我們，說：「你們會抽菸吧？我建議，最好是戒了，這樣對身體比較好。還有，酒少喝一點，不要為了逗客人開心把自己灌到什麼事都做不成。下班後，也不要冒險騎機車，花一點小錢搭計程車。賺到錢後，不要拿去賭博，也不要拿去吸毒嗑藥。我做男公關算一算快二十年了，面試過的人大概有上百個，看過賺錢賺到買房子、做投資買賣的；看過被毒品控制到不成人形的。以我自己來說，前幾年到上海投資失敗後，人生的第一桶金就這樣沒了，去年不得以才回來做老本行。可是，」大寶睜大了眼睛，語氣上揚，「我起碼有存到一筆錢，這一切都是靠自律得來的。」

小翔打了個哈欠。大寶若即若離的將眼神飄到小翔身上。

「既然你之前就有工作經驗，這些道理你應該懂的，我也不想講太多廢話，讓你們覺得我很嘮叨。總之，在這裡不管你想賺錢，或是想學人生道理，一定有所收穫的。」

大寶拿起我和小翔兩人的基本資料表，站起身來，自顧自的說：「如果可以的話，明天就來上班吧。」便轉身步向門口。

我連忙出聲，把大寶叫住：「寶哥，面試就這樣結束了嗎？」

「是的。」他點點頭，不耐煩的回答。

「那麼，請問上班時的規矩，還有工作內容是什麼呢？」我急忙問道。

「每天兩點集合點名，八點下班。公關只有禮拜天可穿便服，其他日子要著襯衫領帶。」他似乎片刻不願久留，轉身又欲離開。

「寶哥！」我再次把他叫住，「那正式上班時到底要做些什麼？」

「多聽！多看！多學！不懂的問學長！」他頭也不回的丟下這幾句曖昧難解的話。

#2

我的腦中既興奮又混亂，興奮的是當男公關看似一點難度都沒有，不看外表、不看談吐、不必實習，如果剛剛那算面試的話，我已經順利成為一名準男公關了！混亂的是就算經過大寶長篇大論的洗禮，我卻對男公關的工作內容一點認知都沒有。

在一般行業裡，廚師負責做菜、收銀員負責收錢、記者負責採訪，而男公關到底必須做什麼？

面試之前，我花了好大一番力氣，讀了不少文獻，看了許多新聞報導。然而，當真正換上衣服，要踏入這一行實地了解時，才知道自己一點頭緒與自信都沒有。

我癱軟在包廂的沙發上，對著上頭的鵝黃色燈光，叼起一根菸，狠狠吸上兩口，再緩慢的吐著煙，看著煙霧上升到接近天花板處，被光線暈開，消散，後頭的煙霧緊接著補上，化為一幅連續的圖像。那陣煙，時而因空氣吹拂而晃蕩，時而筆直上升。很快的，一根菸的時間過去了，我與小翔不約而同將菸熄在菸灰缸中。

我對著永遠從容自在的小翔說：「欸，那個大寶說的到底有沒有道理？」

小翔思考了兩秒鐘，說：「道理是有的，像市場區隔那部分。但很多部分聽聽就好，例如說作息正常，那等於錯失很多陪客人的時間。還有穿著不一定要像他那樣老派，對啦！」小翔雙手一拍，「他老屁股了，觀念跟新人的已經不同啦。」

「所以不一定要照做囉？」

「那當然，只要賺得了錢，誰管你那麼多。」

我推開門，走出小包廂。右手邊的休息區，幾個男公關，我未來的同事們，零零落落的坐著，有的正玩手機，有的坐著發呆，有的吃著對面快炒店買的盒裝便當，那景象看起來活像國中時的下課時間。

當我走過去，他們已經不再像我剛到的時候，對我投以打量的眼光。遠方的小包廂則傳來陣陣嘻笑聲，透過微弱的光線，可以看到幾個男公關簇擁著一至兩位客人，開心的玩著、打鬧著。

這間店不是包廂制的設計，而是完全開放的輪檯制，唯有剛剛那個小包廂例外，因此只在開會等需要安靜的場合使用。每個檯面，包圍著幾張紅色沙發與紅色小圓椅，並設有代號，方便指認。在桌面與桌面之間，隔著高度及腹的小矮牆，矮牆上的天花板垂下珠簾，有些微遮蔽的效果，但附近的動靜均可察覺。

店的正中央是個大舞池，舞池的地板鑲著一格格的透明塑膠，七彩炫目的燈光自底下射出，打在貼滿燙金壁紙的牆壁上，頗有老式歌廳風格。舞池的後方設有KTV檯，需要唱歌的客人由公關相伴，上檯高歌。也因為舞池與KTV在整間店的正中央，唱歌跳舞之際，往往成為眾人焦點。

「小翔、碩元，來一下櫃檯。」一位女性的聲音，劃破吵雜的音樂聲，傳到我的耳裡。

我們走向靠近門口的櫃檯，L型的櫃檯內坐著一位年約三十的女性，脂粉未施，頭髮向後整齊的紮起一個短馬尾。櫃檯內側打出的白日光燈，由上而下照在她的臉上，令她的臉角末端呈現暗角。她的桌上散落著大大小小的文件，可以想像她在店裡的角色十分重要。

當眾人皆醉時，她獨醒，我心想。

「你們明天可以上班嗎？」她手裡拿著我們的基本資料表，如此說道。

「可以。」

「那明天告訴我你們的藝名，藝名是行走江湖用的，要考慮清楚唷！對了，你們可以叫我斑馬。」她確定我們聽到了，繼續講，「但在這之前，你們要先學會桌面處理。」

只見她隨手拿起一旁的麥克風說：「本公司瑞祥請至櫃檯。」整間店的擴音系統傳出她的聲音。

「叫我有事嗎？」約莫過了半分鐘。從我身後傳來一個男性的聲音。

「瑞祥，你教他們兩個做桌面處理罷。」斑馬繼續埋首於工作。

瑞祥把我們帶到休息區坐下，轉眼間，他在桌上擺了一個水壺、一個冰桶、幾個威士忌杯與啤酒杯、一個九宮格杯盤、一個三公升的啤酒公杯、一個三百毫升洋酒公杯、幾條毛巾、還有個大碗公與骰盅。

他看起來相當年輕，不知道年紀是不是比我小。他戴著一副無框眼鏡，頭髮用髮蠟塗得翹翹的，連瀏海也抓成一束一束。服裝方面，他穿著一套與我類似的韓版西裝，裡面搭配一件白襯衫，可以算得上是個俊俏的奶油小生。

「首先呢，先教如何倒酒。」

他以水替代酒倒進洋酒公杯，再將公杯拿起，小心翼翼的將水倒進九宮格杯盤內的小酒杯中。

九宮格杯盤，顧名思義是一個盤子，上面可以插上九個約莫二十毫升的小杯子。

「一般來說，把酒倒到超過九宮格杯一半就好，如果有一個九宮格酒杯被拿走，最好立刻斟滿。有時候玩遊戲輸贏比較快，酒一下就倒光了，所以最好讓酒杯隨時保持滿滿的。又有的時候，九宮格盤離你的座位很遠，不好倒酒，你可以把整個盤子拿過來斟。啤酒的話就比較隨便，倒了就對。」

「至於這個毛巾，」他拿起一條毛巾攤開來，「桌面上一定會跑出很多水，你要記得隨手拿起毛巾擦拭，擦完後，可以這樣摺起來……」他將毛巾對摺再對摺，把毛巾摺成一塊小豆腐。

「……再把它放在角落。至於這些骰盅、碗公啊，最好先準備好，放在桌子底下，有需要就可以立刻拿出來……桌面上有垃圾，馬上丟到垃圾桶裡……冰桶空了，去換、水沒了，去裝；幹部來訪檯，去替他拿杯子，要記住他習不習慣加冰塊，再替他斟酒……懂了嗎？」

他每說一條注意事項，都會配合一個動作，示範該如何做。

我沒想到看似簡單的桌面處理，竟然就有這麼多事情要注意，但經過說明後，還算可以理解。只不過，我看了一下已經玩得酒酣耳熱的旁桌，觥籌交錯，好不熱鬧。我想，這些事情在理論與實務之間，應該有著很大的落差吧！

我心中還有真正不明白的事情，我問瑞祥：「上檯只要做這些事就好了嗎？要怎麼跟客人互動？」

他將身體往後方沙發靠上，也許是經過那麼賣力的教導，想先休息一下再說。

「你看到後面那張排行榜了吧？」

我回頭一看，一張排行榜貼在牆壁上，大號的字體看得一目了然，上頭寫著桌數王、檯數王、分組排行三項排名，並在後頭加註實際數字。檯數王的冠軍，印著「大寶」兩個字。

「桌數是指某名公關帶客人進來開桌的次數。這名『主桌』可以就整桌的消費額度抽成，還可以與客人一同決定讓哪些公關來上桌，也就是『坐檯』。」

瑞祥睜大了眼睛，繼續說：「換句話說，『主桌』在該檯面上就是老大，跟主桌敬酒是基本的禮貌。」

他拿了個杯子，靠近水壺，用手掌在水壺上方壓了一下，開水由金屬材質的細長出水孔汩汩流入杯中。他喝了一口，並拿出了一盒白色包裝藍色商標的菸盒，從中拿出一根菸來抽。

「檯數的意思比較簡單，就是去坐別人檯的次數。假設小翔今天帶了一位客人進來，他就是主桌；而小翔因為跟我關係較好，經過客人的同意，點了我過去，我就是去『坐檯』。主桌因為直接抽成，賺的錢比較多，又享有較多權力，還直接影響到升遷。」

我點點頭，表示聽懂了。

「所以，『帶桌』就成為我們男公關的主要努力方向。『坐檯』雖然錢比較少，卻是領穩定薪水，說不定可以得到客人賞識，所以也絕對不能忽略，像你看那個手腳敏捷的鬼鬼……」

我們將視線轉到旁邊正在狂歡的桌面上，一個外貌較不起眼的男公關鬼鬼，分毫不差的拿起洋酒公杯，將杯內的酒注入九宮格盤。當客人放下一張剛擤完鼻涕的衛生紙，他便俐落的將衛生紙掃到他腳下的垃圾桶。有人打翻了一杯酒，他抓起手邊的毛巾，飛快的擦過去，桌面頓時清潔溜溜。

「他就靠著 table❷坐了不少檯。所以啦，如果你問到底要做什麼，方法那麼多，你自己去摸清楚比較重要。」

瑞祥將整個身子靠上了沙發，頭抬起來，抽著菸，好像很享受「指導」新人的感覺。我感受到氣氛比較輕鬆，也跟著點了一根菸。

「那，薪水怎麼算呢？」

「帶桌的話就不一定啦，誰知道你的客人多會喝？但以一桌最低消費八千元的額度來講，你起碼抽得到一半。坐檯的話呢，你只是新來的公關，一桌坐一個晚上只領三百，等你升到副理變五百，協理八百，襄理一千。」

「那你現在是什麼職位？」一直在旁邊發呆的小翔，插入了這麼一句話。

瑞祥面有難色的說：「我本來是副理，上個月業績沒到，被降到公關。」

---

❷ 指桌面處理。

小翔顯然問了個尷尬的問題。

「這沒辦法，做這行本來就起起落落的。」瑞祥恢復輕鬆的神情，感嘆的說。

不知怎的，我覺得他只是強顏歡笑。

＃3

強仔嘴巴裡嚼著檳榔，坐在一張破沙發裡，兩腳翹在小矮桌上，起勁的玩著手機遊戲，叮叮噹噹的聲音響遍整個ＤＪ室。我和小翔坐在這名「圍事」面前，不發一語。

小翔說一定要來見這人，是為什麼呢？

這房間非常小，光一張黑色方桌、兩張破舊沙發和一些小板凳，便使空間顯得擁擠。一支燃燒中的菸插在堆滿菸蒂與檳榔渣的菸灰缸凹槽，燒出陣陣煙霧。強仔時不時拿起菸來抽一口又放回去。旁邊有一臺老式小電視，一疊點歌本，加上一支布滿數字，用來點歌用的遙控器。

這個叫強仔的男子，以一種極度從容自在的架勢，與整間房融為一體。

他年約四十出頭，戴著一頂鴨舌帽，穿著一件樣式隨便的白色Ｔ恤，帽簷下那雙炯炯有神的眼睛，透露出銳利的眼光。寬鬆Ｔ恤底下，藏不住寬闊的臂膀。他的臉龐有稜有角，卻不是希臘雕像式的那種唯美立體感，而是飽經日晒雨淋和風霜、見識不少大小場面後，磨練出的獨有輪廓。如果要譬喻的話，大概是接近香港演員黃秋生那種透著草莽氣息，卻又不失穩重的感覺。

「來找我做啥？博賭喔？」強仔瞪著手機螢幕，嘴巴嚼著檳榔，操著臺語說。

「強仔喔，鑽石變了好多，像那個大寶，什麼時候來的？」小翔以十分熟稔的語氣對強仔說。

強仔沒有接話，像在思考，又像專注於手機電玩。

小翔點起了一根菸，我跟著啄起一支，點燃。本來已經煙霧瀰漫的小房間，頓時作青雲白鶴觀，茫茫一片霧海，不過不怎麼好聞就是了。

「做生意本來就是這樣，景氣不好，別間店跳槽過來的很多，原班底無存幾個。」

「其他人到哪兒去了？」小翔追問下去。

強仔又陷入手機遊戲中，房間內除了叮叮咚咚的電玩聲之外，沒有人交談，外頭傳來全力放送的舞曲與酒酣耳熱的玩笑聲，與房間內的沉默恰成對比。我抽著菸，手足無措，彷彿置身於一個無熟識之人的聚會，不知道如何在這種不發一語的場合中找到自己的位置。

我喜歡黑夜，日夜顛倒，我時常白天睡覺，睡到學校的課堂通通拋在腦後。我十分清楚自己在逃避，逃避一種社會框架給我的路徑，它乍看之下有很多選擇，實則不然，像一個寶特瓶，本來具有圓形的內部空間，但被擠壓之後，周遭的空間通通不見，徒剩中間狹小的空隙。然而這空隙卻必須容納超出它所能承載的液體，隨時準備爆破而出。

我是能穿過縫隙的液體嗎？我不想。我是爆破而出的液體嗎？也不盡然。我不滿意這個空間的限制，所以給自己出個題目，而來此尋找解答。可是我轉頭看著小翔與強仔，又覺得他們的自在凸顯了我的焦慮。

強仔放下手機，轉過頭來，正眼看著我們說：「很多事情，我嘛沒法度，但我們看重的是什麼，你慢慢就會明白。」

＃4

「要博賭再來找我吧！」強仔最後說了這麼一句話。

我們步出階梯，離開地下室，清晨的光線已經打下。

在夏季，這個日出天未亮的時分，溫度與空氣是最棒的。有時我徹夜未眠，就在等這個時刻走出家門，使勁的呼吸幾口空氣，享受這無人無車的片刻寧靜。但此刻我不是穿著家居服站在我家樓下，而是穿著西裝外套與尖頭皮鞋，帶著滿身菸味以及經過舞曲洗禮尚未平復的耳朵，佇立在臺北市最燈黃酒綠的街廓處，準備迎向許多像這樣的夜晚。

我望著身後高掛的「鑽石仕女俱樂部」招牌，底下那扇玻璃門看起是那麼脆弱且不起眼。路上的行人與上班族，一邊閃過醉倒路旁的酒客，一邊睡眼惺忪的展開新的一天。

「啊，真是白晝與黑夜、規律與混亂的衝突。」我發出了這樣的讚嘆。

第二章

蒙：感受幸福之人

#1

寒風刺骨的冬季臺北，雨似永無止盡。那少年穿著藍白相間的國中制服，一個拐彎閃開了教室門口，緊接著一個腳步，再一次躲過了曾是籃球國手的訓導主任巡視的目光，往籃球場旁那棵大榕樹的方向走去。

明知道午休時間就該準時進教室睡午覺，他就是不願回去。一來，他認為在上課時間，老師在講臺上喋喋不休時，才能享有最好的睡眠品質，中午時間靜悄悄的，本來就不該拿來睡午覺。二來，每當這個時間，校園內所有「不成囝仔」都會聚集到操場旁的那棵大榕樹下抽菸。

少年自認是待觀察會員，自然有出席的必要。

關於大榕樹下這群人，他們在校園內呼風喚雨，連訓導主任都默許他們私自聚會、抽菸等等的行為。至於課業更沒什麼話好說，他們早已放棄，成天盡是打架鬧事、頂撞師長，時不時還亮出幾把明晃晃的小刀甩上甩下，活靈活現的大聊昨天與鄰近幫派大幹一場的場面。還有人從口袋掏出一小包白色粉末，臉上流露得意的表情，一邊分送眾人，一邊說明是前幾天從他哥哥那兒拿來的。

真正令他們惡名昭彰的關鍵，是約莫一年前那起新聞標題為「惡少集體圍剿，訓導主任重傷後自請調校」的事件。

少年一進學校就有如追星似的，默默的關心著他們的消息，以及何時能湊一腳，比如中午休息時的大榕樹聚會，就算冒著被老師責罵的風險也要過去。當他們有任何差事，哪怕是跑腿也好，少年必然懷著為領主工作，近乎愚忠般的使命感，義不容辭的接受。

每當他靠近大榕樹時，總是怯生生的。事實上，他也確實該如此。他沒有任何地位，來到大榕樹下絕無什麼好事。他總是被要求自掏腰包買飲料請大家喝，或是被叫去漫畫城租黃色漫畫，然後再等著回來被消遣：「石震鵬名字好聽，但他這個小俗辣只配替我們跑腿啦！」

就算情況這麼糟糕，這棵大榕樹卻依然有種魔力，讓石震鵬一再靠近。好像只要能和他們坐在一起，那些羞辱的話語，也跟著不重要了。

上禮拜，其中一名在榕樹下頗有地位的混混，來到石震鵬的教室，雙手插口袋，問他要不要幫忙附近廟宇一年一度的「出陣頭」。石震鵬強忍心中忐忑不安的心情，告訴自己要尊崇大榕樹的風氣，便拼一口氣答應了下來。

廟會時，在砰砰鑼鼓聲中，他套上印有宮廟名稱的圓領衫，賣力的在隊伍旁邊走著，當有機車騎士誤闖進來，他故作惡狠狠的表情把機車騎士趕走；當要搬運任何大型道具，他強忍著淒風苦雨，盡力不讓自己露出半分吃力的樣子。一天的工作結束後，他走在回家路上，用力感受勞動過後身體的疲憊，再細細品味自己一天下來的表現，覺得自己更貼近了大榕樹一些，不禁在心裡替自己鼓掌。

而就在今天，也就是廟會剛落幕的兩天後，這少年又跑出了教室，閃過所有老師的目光，從司令臺的後頭鑽出，步往大榕樹。

榕樹在一片霧茫茫的雨幕之中，看得不是很清楚，但他確定那群人肯定坐在那裡。他強壓自己的緊張情緒，學起他們不知所以然的架式，雙腳外八、大搖大擺的走過去。

隨著距離愈來愈近，石震鵬漸漸能感受到榕樹下投來的目光了。「他們注意到我了，他們的眼神與以往不同，他們將會搭著我的肩，像對待自己人一樣，大聊那天出陣頭的光景……」他確切的感受到他們的笑容。他的心臟，每跳一下便有一陣暖流流遍全身；他的嘴唇乾裂，他的臉頰顫抖，他的四肢末端因為緊張與興奮而麻木。終於，他走到他們面前屁股一坐，比他以往所坐的位置再靠近中心兩個單位。

然而，當他一坐下，榕樹下卻沒有人正眼瞧上他一眼，兀自嘻嘻哈哈的抽著菸。他試著起身走走，頻頻對他們射出惹人關心的眼神，卻依然沒人注意到他。

他的心碎了，轉而自我質疑了起來：「是我表現得不夠好嗎？是我剛剛走過來的姿勢不夠帥嗎？還是我得學他們點起一根菸來抽呢？」他思考了太多愚蠢到近乎鑽牛角尖的問題，但依舊孤立於他們之外。

時間滴滴答答過去，下午第一堂課即將開始，令他焦躁不安了起來。他的屁股依舊沒有挪動，因為他已經下定決心，期望搜尋到能插上話的空隙。

「前天……出陣頭……」終於，他們聊起那天的光景了！於是他「咻」的一聲站將起來，張口大聲說：「我那天也在場！我還看著你們抬神轎過去呢！」

大家的目光紛紛轉了過來，不發一語的看著他。

在他成為大家的焦點時，內心有那麼三秒鐘是雀躍的，但緊接著卻又升起另一股夾雜著不自在與過度表現之後的羞愧感，慢慢壓過興奮之情，令他逐漸感到無地自容。

他的感受是正確的，第六感告訴他大難要臨頭了。只見一名少年站了起來，破口大罵：「幹！你不過是那天當個跑龍套的小角色，就『邱』了起來囉？從你剛剛走過來的姿勢到現在這個樣子，是什麼意思啦？」緊接著，旁邊幾名少年跟著站了起來，圍到石震鵬身旁。

石震鵬整個人縮成一團，嚇得直發抖，只聽得一陣爆笑傳開，「哈哈哈，看他嚇成這個模樣！」其中一個少年一個巴掌不怎麼大力，卻帶有羞辱意味的打在他的腦袋瓜上，說：「你有沒有十塊錢？交出來我們今天就饒了你。」

他把自己縮得更緊，只差沒個洞可以鑽進去。當他抬頭看著圍繞在他頭頂上，一顆顆恥笑著他的頭顱，想起他的心情從期盼到落空，再被羞辱，在反差過大的激化之下，他感受到不堪忍受的椎心刺痛。

「幹！我今天沒錢啦！」在腎上腺素的催化之下，石震鵬擠出體內最大勇氣，發出驚天一吼。

幾個少年愣了一下，顯然沒料到他膽敢反抗。「噗哈哈哈哈！」他們爆出更大的笑聲，其中兩人蹲了下來，抓住他的雙腳，其他幾個人跟著衝了過來，或抓住他的雙手，或攬著他的腰，將他頭下腳上的倒立起來，上下抖動。

他想掙扎，然而他孤身一人，哪裡抵擋得住群起攻勢！只聽「叮叮咚咚」好幾聲，他眼睜睜看著幾個銅板和著一串鑰匙從眼前掠過，掉落水泥地面。

「哈哈，這叫沒錢！我們繼續搖，看他會不會像棵搖錢樹，掉更多錢下來。」

那幾個少年玩開了，更大力的搖晃著。可憐的石震鵬，他的視線在一名少年的鞋襪與胯下之間來回交錯，一陣頭暈嘔吐的感覺傳來，他雙手扶在滿是枯枝爛葉的地面上，已經開始抖動，幾乎支撐不住。

而就在他絕望的瀕臨放棄邊緣，腦袋頂門即將落地之時，一個少女的聲音傳來：「你們別那麼狠啦……」

搖晃停止了，但那幾個少年依然沒放他下來，似乎正考慮著是否就此作罷。此時石震鵬趁機平復了昏花的腦袋，心想她應該是隔壁班的校花，現在不知道是哪一位的女朋友。然而，當他吃力的轉移視線到校花身上，打算投以感謝的神色時，卻只看到一張笑嘻嘻、抱著看好戲心態的面容，掛在她初發育的胴體上。

#2

校園內一處杳無人煙的小庭院，荒煙蔓草淹沒了去路，一座鏽蝕的蔣公銅像立於庭院正中央。遠方，一個少年拖著腳步而來，往一叢草堆蹲下哭泣。

下午第一堂課的鈴聲響起，石震鵬淋著寒冰徹骨的冷雨，衣服早就溼透了，雨水流過他的瓜呆頭，讓頭髮貼成一絲一絲的，再從額頭上滴下，落在他的鏡片上。他蹲在雜草堆中，神情痛苦，臉上已分不清是雨水還是淚水，依舊沒有回教室的意思。

「操你媽的一群王八蛋！」石震鵬用十分稚嫩的聲音，不熟練的咒罵著，空有滿腹情緒，卻不知如今憎恨的對象是誰。他的腦海中，閃過叫他去參加陣頭的那位同學，只會裝模作樣，既然不是真的賞識他，幹嘛把叫他出陣頭？

就在這個片刻，腦中又有另一個模糊的人影出現，當依稀判斷出是校花假慈悲、真看戲的嘴臉後，他便咒罵著她平時仗著與榕樹下那夥人的複雜關係，沒什麼了不起卻跩個二五八萬幹什麼！

不對，他想到，如果他們沒有這些人格特質，他會這麼想靠近他們嗎？不會。這下罵不得了，因為這一切是他自討苦吃，一個願打一個願挨。

所以，他把目標轉向訓導主任。他不懂，為何每次他在榕樹下廝混時，訓導主任高大的身影從遠方走來，其他人毫不在乎的抽著菸，訓導主任卻裝作沒看到，只操著低沉沙啞的嗓音，一把將他抓去訓導處，拿木板狠狠敲他屁股三下，彷彿他才是千古罪人。

「難道我就比好欺負嗎？」石震鵬委屈中帶著憎恨。

可是，他卻突然想起訓導主任某次教訓完他後，不若以往直接把他趕回教室，反而把他帶到小房間所說的一番話：「震鵬，你一顆聰明的腦袋，何必把自己搞成這樣？」訓導主任的臉龐和他的身高一樣寬大，坑坑洞洞的臉皮透露出曾經飽受日晒雨淋的訊息，「每個教過你的老師，在學期末的評鑑卡上，都寫下『天資聰穎』四個字。然而，他們十個有八個會在後面補上一句『惜生性叛逆』……」

那時他的內心感到一陣痛快，痛快的原因並不在於被誇獎「天資聰穎」，這是他本來就知道的，而是「惜生性叛逆」這個評語令他彷彿達到某種心中渴求已久的目標，成為令人不快卻又感到惋惜的對象。

這種愛恨交錯的感受，就是他熱切期盼的。

此時，一股刺鼻的味道傳來，訓導主任竟然點起了一根菸，難怪適才他進入小房間時覺得有一股陳年菸味。「……你何必這樣糟蹋自己呢？我年輕時也叛逆過，就跟他們一樣，但是後來我投身於體育，來發洩我過剩的精力，結果，」那跟白色香菸與訓導主任的龐大身軀對比之下相形細小，「我成功了。也正因為我走過，我才看得出你身上的潛力。」他吐出最後一口煙，沉思片刻，接著用宣教似的口吻一字一字的說：「所以，我才要這樣針對你。你可能對我很不爽，但這就是我的工作。」

他熄了菸，最後說了一句：「像個男人般的去吧！」

蹲在草叢中的石震鵬，此時不再對訓導主任感到這般怨恨，「起碼他還算個明理的人。」他心想，但當這個目標也無法成為攻擊對象時，他的內心更加失控而混亂。他慌忙的搜索著，哪怕是一張臉孔都好，他必須找到情緒的出口。

忽然間，一張臉孔浮現了，那人戴著書呆子眼鏡，沒有長半顆青春痘，操著遲遲未變聲的嬌細嗓音，還有矮小而略為肥胖的的身形。

那人，是他自己。

「這個是什麼鳥樣……這是什麼鳥樣……」

他悲憤交錯的轉而攻擊自己，陷入一種自暴自棄的狀態，好似唯有唾棄自己，讓自己變得一文不值，才能將一切事物合理化，讓自己意志消沉的存在得到確認。

因為聰明，他才沒有勇氣狠狠跳入大海；因為懦弱，剛剛才沒有盡全力和榕樹下那群人大幹一場。如果一戰成名，就像之前常被欺負的阿胖，自從某次忍無可忍，一拳揮斷別人兩顆牙齒後，大家立刻對他改觀，甚至偶爾還會找他助拳。想到這，他又怨恨起自己尚未發育的身體，如果他肌肉發達、面目猙獰、身材高大，誰膽敢欺負他？甚至連那個面目姣好，胸部微微隆起，見一個愛一個，散發少女青春氣息的校花，說不定也會轉移對象，對他青睞有加。

雨水打在他身上，穿透外套與長褲，滲到內衣褲裡頭，每一分寒意都像針一般扎進他的肉，穿透到心窩上頭。他蹲著的雙腳因血液循環不良而痠痲了起來，他的雙手因接觸雨水太久，起了一圈又一圈的褶皺。

此刻的他，不但是全天下最下賤、最見不得人的敗類，還是人人唾棄的狗雜種。他徹底讓自己投入失敗而沮喪的情緒裡頭，卻又矛盾的生起一絲喜悅之情，好像冥冥之中，看著醜陋的自己陷入無可救藥的絕境、被深淵的黑暗包圍，他才能感到安心。

「哈啾」一聲，他打了個噴嚏，全身顫抖了起來。

現在他冷靜了一些，忽然想起了適才「狗雜種」三個字。他知道的髒話不多，「狗雜種」也不過是從武俠小說常見的字語胡亂挑出的罷了。然而，他彷彿漸漸明瞭答案，往這三個字開始細細鑽研。

「狗雜種……狗雜種……」他喃喃自語了起來，並抬頭看著蔣公銅像那張蓄著鬍子、光著頭皮，帶著淺淺微笑而不怒自威的臉孔。看著看著，竟然好像有一團黑色東西跑到蔣公臉上，一陣塗塗改改後，臉孔的五官開始扭動、變形，呲牙裂嘴，眉頭全然皺起，放鬆的顴骨上下顫動，本來祥和的眼睛與他怒目相視。

石震鵬往後退了三步，感到恐懼萬分，這張陽剛、威權、殘忍的面容，他一輩子也忘不了！無論白天黑夜，他都必須與他共處，甚至到了夢中，臉孔還會變成夢魘，持續騷擾著他，使他半刻不得平靜。

「你這個爛人！為什麼到現在還要來煩我！」他發瘋似的站起來，麻掉的雙腳神奇的恢復感覺，顫抖的身體有如迴光返照般又生出了氣力，他揮起粉嫩的拳頭，瘋狂的毆打那尊銅像。

「砰！砰！砰！」他那雙弱不禁風的手，早已被雨水浸得爛巴巴，就算他以嗔念駕馭著身體，這種以卵擊石的行為依然沒有任何勝算。一陣子過後，只見他彎著腰，用滿是瘀青的雙手扶著膝蓋，大口哮喘著，那尊銅像依然帶著笑容，在雨中屹立不搖。

#3

陳穎禮在黑夜中，穿著大號雨衣，拖著沉重的步伐，穿過繁華的大馬路，經過百貨公司，彎進對面的小巷子，往那個位於山腳下的小社區走去。

按照往常，這種程度的小雨，陳穎禮連傘都不撐，怎麼可能穿雨衣？回家洗個澡不就好了？每當有好心人提醒「這樣會著涼的」，他卻總是仗著自己人高馬大，轉頭對人怒視一眼，說：「干你屁事？」便頭也不回的走了。

陳穎禮向門口警衛使個眼色，大門緩緩打開。他順著小斜坡而上，一步一步走著。這個小社區位於臺北市的新開發地區，並不怎麼高級，可是若沒有中等以上收入，還是住不起。

夜深人靜，大家都睡了。每一步落在水泥地上的腳步聲都撞上兩旁的建築物，再反彈到他的耳朵中。他就這樣走著、聽著、走著、聽著。

他時常覺得這雙腳似非長在他身上，而是有自己生命的運輸工具，而自己的上半身就這樣被緊緊的鎖在腳上隨它而去。還有些時候，當他的大腦接受到訊息時，他竟有種虛幻而不可捉摸的感受。就以他現在聽到自己腳步聲為例，這聲音先灌入他的耳朵，再被腦袋所解釋，這個過程他是相當清楚而明白的，然而，他卻始終覺得這聲音與他的心靈深處隔了一層膜，好像心靈之外的一切事物都只是虛幻的表象。

此時，路旁兩側約莫五層樓高的乾淨建築在他的視線中逐漸浮現，令他感覺到沉重壓迫。

接著，不知怎的，一把火在心中慢慢燒起——雖不至於爆發，卻又在身體某處不斷騷擾、教人心煩意亂的那種。

他將雨衣裹緊了一些，塑膠布料傳來一陣冰冷。不知何時，也許是最近才開始的吧？他喜歡起下雨天那種霧濛濛、視線渙散的感覺，好似如此能提供某種掩護，服服貼貼的保護著全身。

他走進電梯搭上五樓，拿起鑰匙旋開門把，走進他的家。

如果他認為那是「家」的話。

踏入門內，一股滯悶的菸味傳來。陳穎禮閃過地上的垃圾，往客廳張望一下。接著，他看到滿是酒瓶與菸蒂的桌子後方，一個女人仰臥在沙發上。

他小心翼翼的靠近那女人的臉龐，聽到陣陣沉重的呼吸聲，嗅到濃厚的酒精味。

「媽媽果然睡了。」他心想。

他雙手叉腰站在桌子前，臉上露出了複雜的神色，將空酒瓶一個接一個拿去回收桶丟掉，再將有如萬隻白蟲攢動的菸蒂，全數扔進垃圾袋。

他走進他的房間，有些吃力而不協調的脫下雨衣，雨水濺了滿地。緊接著，他將藍白相間的國中制服也脫了。只見他厚實的肌肉上，舉凡胸口、臂膀，手肘關節，乃至於拳頭，都透著黑紫色的瘀青，在他脖子的右後方，還有兩條鮮紅色的抓痕。

光著身子走進廁所，他點起一根香菸，坐在馬桶上，如每日儀式般苦惱了起來。「為什麼我今天又要這樣做呢？」然而不管他怎麼想，他依然不知道答案，最後只好想：「事情已經發生了，沒辦法。」

而就在他站直身子，要打開水龍頭沖水時，他忽然想起今天下午榕樹下石震鵬驚慌失措的樣子。打從石震鵬出現在榕樹下時，他就覺得這個人莫名其妙，「一個書呆樣的好學生，成天來我們這裡混幹什麼？」

水龍頭噴出的水柱嘩啦啦淋下，流過脖子上被抓破皮的傷痕時，他感到一陣熱辣辣的麻痛感。

「呸！」他往口中灌了一口水，再用力吐到地上。「那些傢伙，除了會讀書和成群與你作對之外，還會什麼？」當他第一次揮出拳頭時，「那些傢伙」便有如與他隔了一道牆，漸漸遠離他的世界。而當他第二次、第三次、第四次……揮出拳頭，「那些傢伙」從此便如雨一般，幻化為朦朧的背景，再也找不著了。

「那些傢伙，出事了哭著找媽媽；那些傢伙，制服紮得醜不拉幾的上臺被表揚；那些傢伙，愚蠢的比較著成績；那些傢伙……」

「呸！」陳穎禮又吐了一口水到地上。

#4

在石震鵬所居住，約莫四十坪大小的國度中，住著一個暴君，一切的法律都由他所制定，甚至任由他自己推翻掉也無所謂。對石震鵬來說，這已經不是所謂的朝令夕改了，而是只能從當天的氣候、甫踏進國度時的氣氛，來感受今天法典的邏輯為何。多年經驗下來，讓他知道按照這個方法去做，就算沒辦法徹底避免麻煩，起碼可以將傷害降到最低。

在這個王國裡，只有三個人，三種角色：暴君、妃子、妃子所生下的兒子。暴君在日本長大，接受傳統的日本式教育，認為「服從」就是一切，「紀律」就是生活。他深深厭惡臺灣的環境，老是說：「臺灣就是太自由了才讓每個人都沒有分寸。」但他自己不必遵守沒關係，在他眼中，只有別人服從他，沒有他服從別人的可能。

暴君與妃子在不遠處那片水泥叢林相識，並順利把她擄回自立的國度居住。為什麼說是擄呢？因為暴君一旦出了自己的領土，便相當懂得人情世故，也非常清楚怎麼表現自己，如硬要說他的優點，可以說他頗有外交手腕。起初，當他和妃子見面，他會先借好最昂貴的西裝，開著黑頭轎車，帶她去吃最高級的餐廳，並且在談話中提及自己顯赫的家世，然後再自信滿滿的吹噓著自己在日本的見聞。如果時間充裕的話，他還會說自己在日本本來能有多麼好的待遇，如今因為懷著回報祖國的心願，才壓低身段回國。

「如果我們老了的話，」暴君將臉湊到她一旁，「我想帶妳回日本過更好的生活。」出身臺灣農民家庭的妃子，辛苦了一輩子，被他的話唬得一愣一愣的，頓時覺得暴君是言情小說中瀟灑與愛人「私奔」的浪蕩子，沒多久就懷著情竇初開的少女情懷，一頭栽到她腦中幻想的浪漫國度去了。

但美夢還沒到來，噩夢卻先來了。暴君將她帶回國度，確定她懷孕了，過去那種浪漫而風流倜儻的樣子，消失得一乾二淨，再以完全相反的樣貌呈現。完全不會做菜的妃子，辛辛苦苦的按照暴君的期望，炒好了一桌菜，換來的卻總是一句「難吃死了」。暴君一巴掌便把她的所有心血給揮落到地上。

妃子要生產的前幾個晚上，暴君依然故我，整天在外與朋友廝混，還嚷著說：「我做外交工作是因為要早日帶妳回日本。」她只好流著眼淚，在風雨中獨自搭上計程車，忍著肚子的疼痛，到婦產科掛病號。到了臨盆前，妃子被推入手術房。她躺在床上，在麻醉逐漸產生效果時，她看著刺眼的白光、嗅著消毒水味，盯著她眼前戴著口罩，掌握著生殺大權的醫生們，恐懼與無助襲上她的心頭。

她自己一個人，兩腳開開，承受一切苦與難。

「我本來可以不必這樣的……」過去，外表出色的妃子，追求者還不少，其中不乏大老闆或有錢小開之輩，只是，她要的不是銅臭味十足的婚姻，而是平淡中不缺乏變化，一家和樂的溫馨家庭。

「誰知道，我會嫁給一個暴君！」她在內心怒吼著。

隨著石震鵬出生，令妃子孤獨的心靈有了依託。這孩子天資聰穎，比起她以前同事的小孩才剛學會講話時，石震鵬已經能夠從路上招牌認識不少字彙，並且能天馬行空的造出饒富童趣的句子，逗得妃子掩嘴直笑。也因此，妃子每天最期待的，就是趁假日暴君加班時，牽著石震鵬的小手，帶著他外出走走。

一日，妃子帶石震鵬去她娘家外的那片田，對他說：「你看，這就是田，在前面彎腰的是辛苦的農夫。」那是臺北郊外一片難得的大平原，附近的建築有些是土角厝、有些是紅磚瓦房。農人在田裡工作，鏽蝕斑駁的偉士牌檔車在田埂上穿梭。

這天的天氣十分晴朗，下午時分的太陽如一顆掛在天上的大火球，而氣候卻因空間開闊而不悶熱。萬里無雲，在陽光照耀下，視線十分遼闊，遠方臺北盆地末端的山頭看得一清二楚。山腳下那更遠的地方，差不多是與地面平行的交會點、人類視力所及的最終處，依稀可以判斷出是淡水河的出海口。

「田！」石震鵬邊尖叫邊跑過去，把鞋子一脫，踩進泥土堆中大喊：「媽媽！我現在是農夫！」

「震鵬！你這樣會把人家的稻苗給踩扁的！」妃子嘴邊掛著笑意，沒有一絲譴責意味的說。接著，她挑了兒時常爬上爬下的芭樂樹，坐了下來。

這時，遠方石震鵬的聲音傳來：「媽媽！田這個字跟『真的』田長得一模一樣耶！一個大大的洞裡面，又有四個洞，」石震鵬帶著他的新發現，興奮的從田中跑到妃子面前，張著大眼睛說：「所以，每個字都跟『真的』長得一樣嗎？」

「不是不是，只有一些字跟『真的』長得一樣，譬如天上的太陽，日這個字跟它長得像不像？還有門口的門，跟『真的』門長得差不多吧？」妃子拿起一根樹枝，每說一個字，就在地上寫給石震鵬看。

「很像！那其他種類的字呢？」石震鵬興味盎然的張著小口，催促妃子繼續說下去。

「譬如剛教你的『田』這個字，上面如果給他多了兩個長得像小草的十字，就變成了『苗』，那就是你剛剛踩扁的東西，代表田中長出的小草。」

「哈哈哈，」石震鵬笑彎了腰，「原來寫字這麼簡單！那我來寫個字給妳看！」石震鵬從妃子手中拿過樹枝，蹲在地上，非常認真的畫啊畫的。轉眼間，他站了起來，用得意的表情說：「我寫好了！」

只見他「寫」了個歪歪斜斜的圈圈，裡面是一張皺起眉毛、掛著凶狠眼睛，以及扭曲嘴巴的臉孔。「這是爸爸！」石震鵬高興的說著。

妃子接過他的樹枝說：「震鵬，你這是在畫畫，不是寫字。」她在地面上慢慢寫著「爸爸」兩個字，然後說：「這樣寫，才對……」

石震鵬看呀看的，心中非常確定，妃子故作鎮定的神情，以及因壓抑情緒而顯得歪斜的「爸爸」二字中，隱含了一絲憂悒，不禁讓他想在另一個圈圈裡，「寫」上一張悲苦的臉孔。

傍晚，兩人回到國度內，妃子進廚房打理晚餐。石震鵬進書房，試著以今天的踏青為主題，在聯絡簿的日記作文章。

「今天媽媽帶我去田裡玩，她告訴我『田』這個字跟『門』和『日』一樣，跟它們『真的』外型長得很像，然後，把小草放到田上面，就變成了『苗』。於是我靈機一動，把爸爸（這兩個字我今天才學的喔！）的表情放到他的臉上，寫了『爸爸』兩個字，媽媽卻說不是這樣寫的。雖然我聽了覺得很有道理，可是爸爸的臉在我腦袋裡就真的長這樣，為什麼不可以這樣寫呢？而且他常在喝酒之後對著我說因為他是男人，又背負著重責大任，所以才會常生氣，因此，我又開始想，那個表情會不會還有『男人』的意思呢？」

就在他停下筆，想著今天又還沒過完，等睡前再把結語補上時，卻聽見樓下大門被摔上的聲音。於是，他三步跨作兩步，急急忙忙的衝向家門口等著。

「爸爸，你回來了！」一陣鑰匙轉動的聲音後，暴君走了進來，石震鵬機械式的喊道。然而暴君半句話也不吭，把公事包直接甩在一旁沙發上，看了他一眼，便逕自走向飯桌，坐下來吃飯。

那桌飯菜老早就準備好了，一盤炒高麗菜、一盤蔥爆牛柳、一鍋酸菜燉白肉、還有三條油炸苦花魚，香味四溢。他見到爸爸坐下，與妃子連忙跟著拖起碗筷，坐到他面前吃了起來。

「爸爸今天心情好像非常不好……」對他來說，這是一天之中最難熬過的時光了，白天他要上課，用不著見他，即使假日暴君不用上班，他也可以躲在房間裡胡思亂想，做自己的事。放學下課後，暴君還沒回來，他會把握時間在客廳看卡通，因為當暴君回來後，他絕不可能去客廳。唯有現在這個時候，他一定要坐上飯桌，與這個令人恐懼、不知何時會引爆的炸彈同桌吃飯。

「就跟妳說過我最近胃口不好，妳煮這麼多幹什麼？」果不其然，吃不到五分鐘，暴君便發作了。妃子則老練的回答：「對不起，我以後會多注意……」緊接著，妃子覺得滿肚子委屈，好似想為自己辯解些什麼，小聲補上一句：「我想說你身體不好，才多煮些的。」

「砰」的一聲，暴君用力的拍了一下桌子，大吼著：「所以妳是瞧不起我囉？妳覺得我已經是廢人一個，需要別人照顧了是不是？」暴君劇烈的咳嗽起來，但還是站起身子說：「我為這個家裡賺進這麼多錢，一心只想著早日回日本，還整天在外頭受這麼多氣，你們完全沒有感謝我，還瞧不起我？」緊接著，老樣子，他雙手一揮，滿桌飯菜又通通被掃到地面上。

妃子面無表情的蹲下去，收拾著碗盤，並向石震鵬使個眼色，要他躲回房間裡去。其實，不用妃子這麼做，石震鵬早已知道他此時該怎麼行動，他趁著暴君咳嗽咳得彎下腰來時，偷偷摸進房間裡關上門，拿出另一本日記本，一邊聽著外頭爭吵的聲音，一邊記錄他此刻的心情。

自從他上了小學，結交一些朋友後，他便知道可以藉由訴說來抒發自己的情緒。只是，他發現每當他向朋友傾吐心事後，隔天全班卻莫名其妙的傳誦著暴君的惡行惡狀，連老師都來關心。其中，有些同學會用探聽八卦的獵奇心態想挖更多料，有的過分些，會模仿一個惡狠狠的男人張口罵人。漸漸的，他便不再對任何人說起自己家裡的事了。他買了一個有著黑色封皮，上面印著「私心話」三個字的不起眼筆記本，並把它想像成一個無話不談、又絕不會洩漏祕密的好朋友。

小小的手握著大大的鉛筆，寫啊寫的，外頭傳來兩人針鋒相對的辱罵聲，暴君的聲音大一些，妃子的聲音小一些。鉛筆的筆芯寫光了，他將筆放進削鉛筆機旋轉，「幹你娘！妳這個肖查某，信不信我現在把妳攆出去？」碗盤碎裂聲「乒乒砰砰」。

石震鵬翻閱筆記本，回顧起自己之前的心情。陣陣刺鼻難聞的菸味從房間的縫隙飄進房間。

「跟你們這對狗母子相處，不如去外面喝個爛醉！」「砰」的一聲，大門被關上，外頭靜了下來。

石震鵬「寫」起了一個又一個的「爸爸」，每個爸爸「寫」的都一樣，猙獰的臉孔，抽動的嘴角。

「嗚嗚嗚……」他聽到外頭媽媽哭泣的聲音，想出去查看，卻又怕爸爸其實還沒出門。正當他盤算著該怎麼辦時，小小的腦袋卻因為塞進太多東西，令眼皮沉重了起來。

不知過了多久，迷迷糊糊之中，一團黑色的物體沉甸甸的壓在他身上，好像是鬼壓床，又好像是作夢，一陣夾雜著焦油味與酒精味的氣息吐在他臉上，熏得他醒了過來。

他睜開眼睛，一張臉貼在他面前，與他所寫的「爸爸」長得一模一樣。那張臉開口了：「石震鵬，從小我就告訴你，我是王者，在王者面前要放尊重，但是你們母子倆是怎麼對待我這個王的？」他迷迷糊糊的，覺得這一切實在太不真實，懷疑起是不是睜開眼也可能在作夢？「在外面，人人看到我就怕，在我面前哈腰屈膝，我希望你能成為和我一樣頂天立地的男子漢，難道你不懂嗎？」

他的胸口被壓得緊緊的，雙腳也動彈不得，簡直快喘不過氣，但是，他又不敢大口吸氣，因為那味道令他作嘔。

「這大概是鬼壓床吧？聽說鬼壓床時人是醒著的。」想到這，石震鵬無法克制的打起寒顫。

忽然間，他感到身子沒那麼緊繃了，兩點暖暖的水滴滴到他臉上，他聽到一陣嗚咽的低語傳來：「我是多麼愛你，多麼希望帶給你無限的安全感，然後你將會擊敗所有人，成為我的驕傲，才要那麼嚴格的訓練你啊……」石震鵬覺得身子更鬆了，鬆到一陣睡意又再度回到他身上。

在書桌上，封面印著「私心話」的筆記本裡，最後一段話是這樣寫的：「如果我擁有無比的力量、超人的膽識，我會毫不猶豫的把你一拳打倒。」

第三章

Where Did You Sleep Last Night?

#1

時間是半夜十二點半，我將桌上散亂的文獻整理好，打開電腦，重新看一次半年前向國科會提交的論文提案，打算再次確認我的研究主軸。然而，那一字一字由我撰寫，由我從文獻中濃縮而成的字句，卻好像成了亂碼，失去邏輯。

此刻的心情實在太過緊張，導致一個小時前，我稱之為「進入田野前的心理建設」徒然無功。從面試時我的無助與徬徨就可以清楚明白，當身在實際的田野中，那些什麼「社會學研究方法」、艱深的「文化理論」、還有一籮筐「××主義」，根本無法、也不應該在慌忙中拿來隨便套用，更不可能作為行動的依據。於是我想，瞬息萬變的田野，資訊的流量那麼巨大，與其在慌亂中緊抓著書本的話語不放，不如徜徉其中，用身體誠實去感受。

何況，男公關本來就是我躍躍欲試的工作，不是嗎？

我關上電腦，站起身子，從衣服堆中翻找出白色背心，掏出黑色窄版褲，再從門上的掛勾取下有著V字領、微微腰身、短版剪裁的韓系黑色七分袖西裝外套穿上。

「與我平常的打扮落差真大。」我心想。

桌上那瓶香水，不可思議的出現在的我房間內。據小翔說，很多女生喜歡聞男生身上的香水味，因此對一名男公關來講，香水是必備的。於是，我忍痛去百貨公司買了一瓶要價一千多的香水，這對我這樣的窮學生來說，實在是不小的負擔。

本來我以為男公關店一定有一套專屬制服，直到小翔在我們面試之前，拉著我去士林夜市一家「還不錯的店」治裝，我才恍然大悟，原來服裝是要自費的！

那間店掛滿了造型誇張的男裝，我拿起一件豹紋長褲說：「真的有人穿這種衣服嗎？」

「當然有啊。」小翔面露不屑的表情，繼續為我挑合適的衣服。「拿去，這幾件你套套看。」

「天啊，我打娘胎出生後都沒穿過這種衣服。」在這種全無辦法的情況下，我不得不相信小翔的眼光。

我穿好衣服，從試衣間走出，對著鏡子轉啊轉，全套緊身皮衣？不行，只會突顯出我瘦骨嶙峋的身材；斑馬紋緊身長褲？不行，穿上去令我無比彆扭，好不自在。

最後，好不容易，我挑了一件韓版西裝外套，一黑一白兩件合身襯衫、一件韓系黑色針織薄上衣、一件黑色緊身褲、一雙尖頭低筒皮鞋。我想，這樣低調而不失FI様，總上得了檯面了吧？

現在時間是半夜一點整，家裡的人全都睡了，靜謐無聲。我套上黑色踝襪，接著穿上尖頭亮面皮鞋，小心翼翼的踅步走進臥房對著全身鏡確認儀容外表，卻發現左邊瀏海有些不整齊，連忙塗上髮蠟細細整理。

終於，一切就緒了，時間一點十分，剛剛好。我步出家門，走下那條從小走到大的灰色樓梯。到了通往一樓的轉角處，我不忘低下頭，防止撞上上一層樓梯的底端。鐵門「卡」的一聲打開，我走向機車，發動引擎，回眸望向那間熟悉的老式公寓。

門口的小斜坡、暗紅色牆瓦、窗邊盆栽，好像排成一列，集體向我餞別。

#2

「小元！」

「有！」當副總叫到我剛取好的名字時，儘管我還相當不適應，遲疑著「這是我的名字嗎」，卻還是有樣學樣的跟著前面幾個同事，精神抖擻的回答。

我與小翔在一點五十分便到了店門口。停好機車後，在花花綠綠的招牌下找到那扇玻璃門，陣陣音樂聲從門後傳至耳際。

「這種地方，若沒有人帶路，誰找得到？」我想。

我們順著鋪設紅地毯、一旁掛有店內男公關肖像照的樓梯而下。拐了一個彎後，映入眼簾的是一面玻璃牆。我對著它，慢下腳步，整理衣服，並抓了抓被安全帽壓扁的頭髮，再拐一個彎，繼續往前走。

出了玻璃牆區，前面就是俗稱的「外櫃」，也就是在正式入口之外，放著幾張桌子、椅子，供男公關接待客人的地方。我一進入口便聽到斑馬的聲音：「你們來囉？藝名想好了嗎？」

「有，我想叫『小元』。」❶

小翔帶著我穿過廚房，走到後方的「休息室」去。這休息室大約兩坪大，上頭亮著一顆發出白光的燈泡，與外頭的昏暗鵝黃色調成對比。一走進去便見到一面有著陳年汙垢的鏡子，幾個男公關擠在鏡子前，又抓又吹，忙著幫頭髮弄造型。左手邊，一排綠色的小置

---

❶ 會取這個藝名，只是單純取我名字最後一個字而已，事後回想起來覺得太過隨便，但反悔已來不及了。

物櫃橫放著，小翔走向前去，東開一櫃、西翻一櫃，終於找一個空空如也，沒人使用的櫃子，「匡噹」一聲便把他的包包塞進去。

「櫃子沒有明確的分配嗎？」我趁旁邊吹風機隆隆作響時，湊到小翔耳邊小小聲的問。

「沒有啊，占地為王，翻到空的就是你的。」他「啪嗒」一聲將櫃子關上。

我環顧休息室一周，用「髒亂」一詞來描述，絕不為過。一堆看似活動用剩的彩帶球，被隨意丟在角落；幾件襯衫及西裝外套被掛在牆上，地上還擺了好幾個裝有雜物的紙箱。正當我看著門上貼著的紙條「請勿於上班時間在此逗留」，想像有人趁上班時間來這兒打混摸魚的畫面時，本來不停播放著的流行舞曲戛然停止，換成帶有吉他悶音刷扣、雙大鼓轟隆隆的重金屬音樂。

幾個男公關放下吹風機及髮蠟，懶洋洋的走了出去。

「要點名了。」小翔跟我說。

走出一看，不知從哪些角落蹦出了這麼多男公關，在舞池中整齊的排成了一個ㄇ字形。一位留著俐落短髮，身材高䠷，有著細長鳳眼的年輕男公關，手拿著點名簿，站在ㄇ字隊形的中央，等待大家集合完成。我數了數，大約將近三十個人。

此時，音樂聲悄悄被收起，除了皮鞋與地面的碰撞聲之外，杳然無聲。

我怯生生的走進隊伍之中，卻又不知該站在哪兒好，就隨便挑個最邊邊的位置，雙手叉在背後，擺出稍息的姿勢。那位看似是管理幹部的男公關看了看手錶，也許是時間到了，他開始一一唱名。每個被叫到名字的人，立刻答「有」。

這種軍教片才會出現的場景，讓我覺得有黑色幽默的肅殺似喜感。

點名的工作很快就完成了，當幹部說完：「沒事就各自解散。」音樂聲立刻被接上，大家又散落各處去了。我跟小翔走到休息區，除了瑞祥以外，所有面孔我都不認識，於是我們挑了他旁邊的空位坐了下來。

瑞祥穿著與昨天差不多的衣服，只是頭上多了頂鴨舌帽，看了讓我有「西裝外套配鴨舌帽這樣好嗎」的疑問。我們向瑞祥打了聲招呼，但只見他專注於手機，草率的向我們問候一下，便回到螢幕裡頭去。我斜眼偷窺了一下，是手機通訊軟體。

身旁的人，大部分都在玩手機，有些在吃便當，有些雙手抱胸的枯坐著。頓時，一股焦慮油然而生，我像個剛踏入未知環境的轉學生，而我身邊唯一的依靠，就只有小翔。

「現在該做什麼好？」我點起一根菸。

「等客人來啊。」小翔目光呆滯的瞪著遠方，簡潔的說。

「你知道剛剛那個點名的人是誰嗎？」

「他喔，」小翔用刺著十字架，骨感十足的手點起一根菸，接著說，「他叫瑋瑋，是公司的創始元老之一，在我一年前離開店裡的時候，他已經爬到副總的位子了。」他吸了一口菸，補了一句，「算的上是個好人。」

「好人？壞人？我該這麼快跳入好與壞之間的判斷嗎？」聽到這句話，我的第一個疑問是來自於研究的掙扎。如果我加入好與壞的陣營當中，就表示我偏好與某一類型的人相處，這豈不表示我的研究有失客觀嗎？另外，此時的我不太清楚什麼是「好人」，什麼是「壞人」。我剛進酒店工作，對什麼事都不了解，連主觀認知的條件都沒有，只好選擇最安全、最客觀的認識，也就是「單純聽聽」小翔的評語。

這好與壞的區別，放在不同的脈絡下會有不同的答案。就最常見的定義來說，我們也許認為偷東西、搶劫、放火殺人的人是壞人，安分守己的是好人；放到人際關係中來看，我們會說心機重、損人利己的人是壞人，而慷慨正直的人是好人；但放到「酒店」來看呢？也許小翔指的是「瑋瑋並不是一個會害你的人」。

但是，我相信不管將脈絡放在哪兒，都沒有一個清楚的答案，因為終究還是得回到一個主觀的層次上來判斷，這也就是說，當某種人與我共享某種類似的價值觀，散發著不相斥的氣質而能夠自在相處時，就會被歸類到廣義上的「好人」；而與一個人犯沖，怎麼看都看不爽，覺得他礙到自己的人，就會被歸類到「壞人」。甚至，在很多時候，只是單純意識形態上的認同在作祟：我所認同的人，講什麼或做什麼都是對的；我不認同的則完全相反。總歸一句來講：「我們只與自己相處起來爽的人共處，就連在田野中也不例外。」

當然，這只是很廣泛的定義，其中必然包含很多錯誤的判斷與投射。

#3

約莫在休息區枯坐了一小時，在我幾近無法忍受之時，一連串廣播傳來：「本公司鬼鬼、瑞祥、阿樂、姆姆、魏希、阿沁、小翔、小元，請至第一桌訪檯。」聽著一連串名字，念到「小元」兩個字時，我如大夢初醒般從沙發上跳起。

「訪檯！那是什麼？」我徬徨的四下張望，卻只見連小翔在內，坐在休息區的男公關們紛紛站起，有志一同朝著第一桌走去。

我硬著頭皮跟在他們後面，聽見耳語傳來：「又是那兩個難搞的客人叫看檯……」

第一桌是位在角落，可以容納二十人的大包廂。兩個女客人並肩坐在沙發的正中央，對著我們一票人上下打量。瑋瑋站在桌子一旁，側身於所有人，扮演著嚴肅不起來的班長，刻意戲謔的指示要我們排成一排完整的橫線，矮的站出來一點，高的往後面一些，左右兩邊向內擠進來一步。等大家站定位後，瑋瑋便將一個個男公關介紹給客人認識：「這個很會喝，這個笑話講得好，你要嗎？（客人搖搖頭）沒關係……這個是老實憨厚派的，那個……」

「唉呀！我自己問啦！」瑋瑋介紹得正起勁時，其中一名穿著紅色洋裝、藍色牛仔褲，蓄著長髮的女客人（我在心裡默默幫她取了「小紅」這個名字）雙手一揮，有些神經質的大聲叫道：「來，最左邊的先來，你上班多久了？」那人回答兩個月，下一個則說半個月，再下一個一個禮拜。在我心想「原來大家都是菜鳥」時，已經輪到我了。我連忙打直腰桿，伸出一根手指，戰戰兢兢的說：「第一天。」小翔則帥氣的說：「我跟他一樣。」

那女的眼睛一亮，說：「我最喜歡幼齒的，全都下去，留下這兩個！」正當大家腦中一片錯亂，還沒來得及反應時，另外一名穿著綠色衣服、黑色短裙，身材較為矮小的女客人（就叫她「小綠」吧，我暗自想著），忽然大聲說：「等一下！剛剛說上班半個月的那個，你會不會什麼特殊才藝？」

那人站直了身子，令本來就挺拔的身材，更加高聳。「我會變魔術！」他說。

「那變一個來給我看看！」小綠叫道。

他不慌不忙的坐到小綠身旁，從口袋中掏出一副撲克牌，請她洗牌、切牌，再叫她抽出一張，待她看過後，再放進牌堆之中又搓又洗。

「太老套了啦！好無聊！」小綠將臉撇向一旁，大聲嚷著。

在變魔術當下，我們一排人既沒有被明確允許離開，也不知道她們要的到底是誰，就那麼一整排站得像衛兵一樣，讓尷尬的氣氛從腳底流到腦袋。尤其是我，才剛上班就被客人挑上，心裡正盤算著要怎麼與這個客人應對，現在卻處在動彈不得的局面，如坐針氈。面對這詭譎的場景，瑋瑋連忙跳出來說：「妳看阿樂變魔術變得這麼辛苦，又剛上班不久，沒有功勞也有苦勞，今晚不如妳就點他，讓他給妳變個夠吧。」

小綠和小紅忽然冷靜了下來，好像對這一席話感到十分有道理。她們交頭接耳了一陣子，突然宣布：「我們全點了！你們大家全上吧！」

#4

「兩個瘋婆。」小翔在我耳邊說著，他看了一眼桌面，「她們喝洋酒，走吧，我們去拿威士忌杯。」

轉眼間，我跟著黑壓壓一群人浩浩蕩蕩的到了廚房，再人手一個杯子，晃回第一桌坐下。我算算，連客人在內，這張桌子一共坐了十二個人。

我依舊挑了最角落的位子坐下，打算靜觀其變。此時，阿樂從九宮格盤中拿起三杯酒，一杯倒入他自己杯中，其他兩杯倒入客人杯中，接著，他舉起杯子，笑著對著客人說：「謝謝妳們點我。」

「真懂得禮貌。」小紅頓了一下，繼續說，「你魔術還沒有變完，我們正等著你呢！」

「什麼，還要變喔？」我心裡這麼想，同時肯定阿樂心中也必然這麼想著。不過，阿樂臉上依舊帶著微笑，坐到小綠身旁，拿起那副牌又搓又洗。

「你，有沒有什麼拿手曲目？」在阿樂變魔術，氣氛靜下來時，小紅深怕熱鬧消退似的，又扯著大嗓門，對著坐在她正對面的瑞祥嚷著。

瑞祥伸出手指往他的鏡框一推，胸有成竹的答說：「不如來首陳奕迅的『十年』吧？」

「好好好，快去唱吧！」小紅往沙發一靠，雙腳縮起，雙手環抱著膝蓋，整個人陷在柔軟的椅背中。約莫幾分鐘後，「十年」的前奏響起，瑞祥起身，拋下一個目光，似乎在說「來瞧瞧我的厲害」，便跑到ＫＴＶ臺上高歌。

他的歌喉不好聽也不難聽，卻實在與他莫名的自信不符。不過，小紅這時已經把目光轉到小翔身上，吵著要他秀出全身刺青。

小綠則玩膩了，雙手抱胸不發一語，阿樂抱著酒杯在一旁陪笑。其他男公關抽菸的抽菸，發呆的發呆，一副最好不要讓她們注意到自己的樣子。而瑞祥的歌聲，早已被全部人遺忘了。又一陣觥籌交錯後，小翔站起來，湊到我一旁，點點我的肩膀，下巴朝著廁所方向一指。

我站起身，跟著他離開，我問：「我們可以就這樣離開嗎？」

「幹，真的是兩個瘋婆！」小翔沒有回答我的問題，咒罵著。

我一路聽他碎碎念，並肩走進廁所。

「我跟你說啦，你第一天就碰到這種客人，真是算你衰，像她們這麼神經質的根本很少見！」小翔拉起拉鍊，兀自碎碎念著，「兩個瘋婆……。」

「本公司阿樂、鬼鬼、恩恩，請至第十一桌訪檯。」當我們洗完手走出廁所時，聽到廣播，接著便看到阿樂面無表情的快步往我們這個方向走來。小翔用手肘頂了頂他，說：「剛剛真是辛苦你啦。」

阿樂見狀，解脫般的朝我們笑了笑，眼睛旁的魚尾紋微微皺起，說：「等一下那是我的桌，有機會的話，你們可以來坐一坐。」

當我們回到第一桌時，男公關少了不少。小綠指著我，叫我坐到她身旁。

我乖乖照做了，終究還是得輪到我。她顯然喝了不少杯，已經醉了，她問我會不會玩骰子吹牛？我搖搖頭；她再問我會不會划臺灣拳❷？我答不會；數字拳呢？我繼續搖著頭。

---

❷ 一般最標準的酒店划拳稱作「臺數帕」，三組拳路依序採三戰兩勝制進行。「臺灣拳」兩人同時各出零到五其中一個數字，並同時互喊，喊中相加者獲勝。「數字拳」即是常見的「五、十、十五」。「芭樂鏘」採輪流出拳，共三種可選擇，一人出拳一人喊對方的拳，連續喊中兩次的人獲勝。

「你到底會什麼，自己講啦！」小綠滿臉惱意的大聲喊著。

我轉頭看著小翔，卻只見他用看好戲的嘴臉看著我。好吧，求救無門，於是我委屈的說：「我才第一天上班嘛。」

此話一出，她又笑了開來，柔聲說：「好好好，十三支總會了吧？」我連忙答會。

「真是喜怒無常的怪人。」我心想，但總算是碰到一個我會的遊戲了。我拿起撲克牌，發成三副，一個人拿一副，其中一副空著。半刻鐘的時間過去，第一把我贏了，卻見她垂著臉。而就在我整理桌上散亂的牌欲搓洗之際，她打斷我的動作說：「不會幫我倒酒喔！」

原來，輸的要喝一杯，還必須由我來服侍。我口中說著對不起，連忙替她倒上一小杯，她豪邁的一口乾掉，說要再一把。

玩著玩著，四、五局的時光已然過去，小綠安靜了下來。

我看著小綠專注於手牌的側臉，回想起她剛才所有情緒的高低起伏，忽然發覺她在每一次發過脾氣後總是立刻溫柔起來，好像兩種情緒交互作用才能得到某種心靈上的平衡。我想，小綠說不定不如表面上的那樣潑辣，小紅也不是。有時我甚至覺得，她們的頤指氣使以及喜怒無常，處處充滿著顯而易見的刻意造作，好似唯有這個途徑才能讓她們「像」個大爺、「像」個值得被尊重的人。

但這樣豈不是造成反效果，得不到她們所想要的嗎？

後來我明白了，這是一場戲，哪怕是演的也好，裝的也罷，她們要的只是當下的感受。

#5

終於，耳根稍微清靜了下來。阿樂果不食言，把我跟小翔叫到他的桌子去了。

「謝謝你點我。」我現學現賣，替阿樂倒一杯酒，再替自己倒一杯酒，舉杯向他致敬。

「不，你先向小晴敬酒吧。」現在的阿樂容光煥發，嘴邊帶著真切的笑容，與剛剛變魔術時，捉襟見肘的樣子判若兩人。

一旁的小晴噘起嘴巴，對我的行為有些不高興，但又顯然感受到我滿身的「菜味」，不好意思發作。

我趕緊倒酒到小晴的杯中，然後再額外倒一杯到我的杯子，說：「對不起，我才剛來上班，讓我自己罰一杯。」一飲而盡，這才逗得小晴笑了起來。

小晴相當年輕，據她自己所說，她才剛滿二十歲。不管這句話是真是假，我都可以從她舉手投足間，感受到青春的氣息。

只不過她稚氣未脫的大眼睛、圓臉蛋，卻塗上一層厚厚的妝，豐滿的身材搭上了一件淺粉紅連身洋裝，怎麼看都不是她這個年紀該穿的，一時之間叫我無法明確判斷。

小晴與我喝完一杯酒之後，倒進阿樂的懷裡向他撒嬌。我對著阿樂舉起酒杯，仰天而乾，他則小口慢飲。

講話內斂的阿樂，有張漂亮的瓜子臉，下巴的輪廓明顯，鼻子直而挺，膚色略黑，留著短髮，露出高挺的額頭，兩側的頭髮削得十分平整，鬢角服服貼貼的在耳朵兩側。他身材瘦高，起碼有一百八十公分，穿上剪裁得當的全套Armani西裝，顯得挺拔而俐落，就我目前粗略的觀察，他是整間店穿著最體面、最講究的一個。當小晴倒在他身上時，令人感到十分登對，看得我好生羡慕。

小晴拿出了骰盅，親暱的叫坐在我身旁的鬼鬼陪她玩吹牛，只見他們人手一個骰盅，放入五個骰子，搖啊搖的發出匡啷的聲音。小晴霸氣而不失可愛的用雙手抓起骰盅，於胸前搖晃；鬼鬼以一隻手搖動骰盅，瞬間騰空反手拿了起來，骰子卻一顆都沒掉出。緊接著，兩人不約而同的將骰盅蓋在桌面上，並微微掀開骰盅，瞇眼查看各自的底牌為何。

「兩個六！」鬼鬼喊。

「我三個六！」小晴喊。

「誰怕誰，我四個三！」鬼鬼得意洋洋。

「哼，我不信你有這麼多。」小晴伸手過去握住鬼鬼的骰盅，一揭而起。裡頭是一、一、一、三、三。

「噢！」小晴嬌嗔了一聲，「拿天牌了不起喔！」

我看懂了，吹牛的規則便是如此，兩人向對方報自己的牌，只可向上喊，不可向下。一可以代表任何數字。當你不相信報出的數字時，可以掀開對方底牌，如果對方騙人則對方輸；如果沒騙人則對方贏。

轉眼之間，兩人激戰不下數十回合，輸贏相當快速。而在電光石火之間，只見鬼鬼好似有四隻手、兩顆腦袋，能夠一邊與小晴大戰，一邊拿起威士忌公杯，補充九宮格盤內的酒，當杯壁的溫度上升，水氣滲到桌面上時，他拿起毛巾擦乾，再趁空檔摺好放在角落，任何該注意之處都注意到了。

隨著酒一杯接一杯的喝，小晴不勝酒力，又倒回阿樂身上，兩人摟摟抱抱了起來。鬼鬼見任務完成，放鬆的點起一根菸，轉過頭來看著我說：「你怎麼都不做桌面處理？沒人教過你嗎？」

「因為都給你做走啦。」儘管我心裡這麼想著，仍裝作一副虛心求教的樣子說：「我還不太知道該怎麼做。」

鬼鬼用叮嚀的口吻說：「table是做FI最基本的功夫，你剛來人家可以容忍，但之後一定要學起來，免得給人家唸，像瑞祥一樣慘。」鬼鬼的身高不高，大約只有一百六十八公分，身材略為肥壯。

「瑞祥怎麼了？」我心中感到好奇，但又覺得身為一個新人，不應該這樣探聽別人的事情，所以我跟著點燃一根菸說：「是的，我還在學習。」

也許是兩人並不十分熟識的緣故，我們之間的談話斷斷續續的，但我得知他也不過才上班一個月，目前還是初階公關，不過他靠著 table 的技術和隨和的個性，一個晚上也可以坐不少檯。我與他相處起來不覺得不自在，像是與國中某些同學，關係不算十分親密，但相處上絕無問題。

約莫過了半小時，本來醉倒在阿樂懷裡的小晴忽然醒來，拉一拉阿樂的領口，表示要離開。

這個時候，瑋瑋拿著酒杯走了過來，對著他們說：「唉唷，你們夫妻這麼親密是要讓別人羨慕嗎？」

阿樂笑而不答，小晴在旁邊嬌聲說：「對！阿樂是我老公，誰也不許搶走。」

「在走之前，」瑋瑋坐了下來，鬼鬼神速的替他倒上一杯酒，「我們先喝一杯，今天還沒喝過呢。」

小晴拿起早已被鬼鬼倒好酒的酒杯說：「那有什麼問題！」豪氣干雲的把酒喝下肚裡。阿樂在一旁皺著眉頭說：「妳都這麼醉了還喝。」

「來來來，」瑋瑋替自己倒了一杯酒，也替阿樂倒一杯，「敬你們這一對夫妻啦。」

兩人酒杯「鏗」的一聲碰撞，各自喝盡酒杯的酒。

不久後，「瑋瑋副總，那我先送她走了。」阿樂說。

瑋瑋揮一揮手，起身去別桌訪檯。我目送阿樂扶著小晴步出門外，親眼目睹瑞祥昨天所說的「當主桌的好處」。

連身居副總的瑋瑋，基於招呼客人的本分，他都還是在某種程度釋出了對主桌的敬意。是的，包含我在內的坐檯公關，也不知不覺的感染了對主桌的敬意，以及，羨慕。

#6

「請第一桌公關盡速回檯。」廣播響起。

鬼鬼和小翔告訴我，如果一個晚上坐了兩檯以上，只要客人還沒走，都必須招呼到，也就是說我們要自行判斷時機回檯與離檯，在各檯之間跑來跑去。剛剛的廣播表示那一桌的公關都跑掉了，是客人要求公關回去的訊號。

「講真的，誰想回去那一檯啊？」小翔邊走邊抱怨著。

果不其然，當我們走回第一桌，只見剩兩個公關，其他人都不知蹤影。

小紅一看到我們走來，醉眼惺忪的大聲吼著：「我們點了那麼多人，通通跑去哪兒去了？」

我們三人趕緊坐下，卻不知如何應付這種局面，默不吭聲的做著桌面處理。剛好，這桌子被「一紅一綠」弄得一團亂，有的收了。

「你們幾個來了也不講話，搞屁啊？看不起我嗎？我上FI店來幹嘛的？」語畢，小紅舉起酒杯作勢要摔下，但又好像覺得這樣只會讓大家更討厭她，竟然嗚嗚咽咽的哭了起來。

「嗚……」她就這樣小聲啜泣著。我正眼也不敢瞧她，連忙將目光望向旁邊的學長鬼鬼。然而，卻只見他露出苦惱的表情，慌忙的在table上找事做。我試圖告訴自己：「她喝醉了，她喝醉了……她哭過、脾氣發完就好了。」

忽然間，一個熟悉的聲音，從身後傳來。

「唷，怎麼有位這麼漂亮的小姐在哭啊？」

轉頭一看，那是大寶。他今天依然梳著旁分頭，穿著第一個扣子未扣上的瀟灑白襯衫，豪邁的走過來。

旁邊的公關趕緊讓位。小紅看了一眼大寶，繼續哭著。

大寶臂膀一伸將小紅摟了過來，說：「摸摸我這厚實的胸膛，包準妳立刻開心起來。」

他將小紅的手拉起，攤開她的手掌，放在自己的胸口上，接著用臺語說：「妳看妳看，這樣有歡喜無？」

小紅破涕為笑，將他的手甩開，頓時變成了嬌羞的少女。

「唉唷，笑了喔？」

大寶見到這招奏效，便拉住小紅要移開的手，誇張的東拉西扯、彷彿欲向所有人展示他的能耐，作勢往自己的胯下放去，一邊說：「妳手摸哪兒？摸這裡可以更歡喜嗎？那妳儘管摸吧，摸完再告訴我誰欺負妳。」小紅連忙把手抽開，握成一個粉拳，帶著滿面笑容，對大寶抗議似的捶打。

大寶洋洋得意的大笑了起來。不消片刻，適才的尷尬氣氛化解得乾乾淨淨。之後，小紅、小綠與大寶又喝上幾杯，然後帶著醉意，滿心愉悅的離開了。

終於，客人都走光了，我踱步至休息區，坐下來喘口氣，阿樂剛送完客人回來，翹著腳坐在我一旁抽菸。

我跟著點起一根菸，大寶的笑容竟在我腦海中不斷閃爍著。那種笑，不只是純粹感到開心的笑，還帶著挑釁意味，他對著包含男公關與客人在內的所有人宣示：「我就是有能耐，怎樣？」顯然，這招相當奏效，男公關沒人敢講話，也確實輸給了他，而客人面對一個擁有如此權威的人，又怎能不買單？

我的心中，默默生出了一絲在男性競爭中失敗，顏面盡失的羞愧感。

我轉頭看了一下身旁優雅抽著菸的阿樂，想起了適才阿樂當主桌威風的樣子，羨慕之情油然生起，一個聲音緊接著在我腦海中閃過：

「以一桌八千元的最低消費額度來說，主桌起碼抽得到一半。所以，帶桌是男公關最重要的任務！」

我在心中默默算著：假設我一個月帶十五桌，算最低消費就有六萬元，再來，一個月有十五桌的實力，職位一定已經升到襄理了，那麼就算他一個月坐四十檯好了，兩者加起來就等於月薪十萬元，好驚人的數字！何況，客人不可能只喝最低額度，檯數也往往不只四十檯！

我該怎麼做到呢？突然，大寶「多聽、多看、多學」的話，有如警鐘在我腦中敲著，於是我轉過頭，對著阿樂問：「阿樂，你是怎麼把小晴帶進來的呢？」

阿樂吸了一口菸，將菸夾在食指與中指之間，想了一下說：「我剛來公司不久，幹部約了跟幾個客人去釣蝦，問我要不要去。我去了之後就認識小晴。」

語畢，他不再講話，神色自若的繼續抽菸。

不知是阿樂刻意有所保留，還是他這人講話本來如此，但他就是給我一種惜話如金，不肯把話講清楚的感覺。

我決定打破砂鍋問到底：「那之後呢？」

阿樂將翹著的腳放下，坐定了身子，露出與適才不同的奇怪神情，用低沉的嗓音慢慢說：「她本來是客人的朋友，當天她與我走得比較近，跟我要了電話後，就開始來找我開桌了。」

「所以，只要跟客人聯絡，讓她喜歡你，就好了嗎？」

阿樂似乎對我的窮追不捨感到不耐煩，他將臉撇向一邊，似笑非笑的抽動一下嘴角，而我確定這笑容透露出一種優越感，以及他現在以上對下，故作優雅的享受。

「沒有那麼容易，像今天要她來，她不來。我和她大吵一架後，本以為她不會來了。」

阿樂將菸蒂熄進菸灰缸中，雙手一攤，「結果如你所見。」

他將眼神往旁邊看了一下，站起身來，頭也不回的走了。這個背影和昨天大寶離去的背影多麼相似！

「讓我們互道一聲晚安……」

費玉清的〈晚安曲〉在此時放出，身旁幾個沒事的男公關，走進休息室收拾東西，一個接一個下班了。我坐在沙發上一動也不動，酒精在我身體裡作用著，好多事在我腦袋中互相堆疊，然後混成一團。此刻的我焦躁不安，他們的背影、姿態、笑容，彷彿踐踏了我心靈中某處禁不起打擊的弱點。一方面，我覺得自己像隻誤闖叢林的小兔子，愚蠢的向野獸問路，強烈的自卑感油然而生；另一方面，我又覺得身為一個研究者，本來就要不屈不撓的度過這一切。

何況，這本來就是我選擇的，不是嗎？

不過我仍相當確定，有某個我不願擁有的東西——外形是模糊的、色澤是黑暗的，在我的心靈深處逐漸發酵著……

「……晚安～晚安～明天見……」

#7

「……In the pines, in the pines.

Where the sun don't ever shine.

I would shiver the whole night through……」

下班走出公司門口，已經是早上八點了，夏日豔陽照在我與小翔黑漆漆的身子上，讓我覺得我們好像是夜裡的吸血鬼，見不得太陽。

我們到附近的早餐店，混在一群男公關與酒店小姐之中填飽肚子，醒個酒後便分道揚鑣回家去了。

市民大道滿是準備上班的車輛，我的酒仍沒全醒，衣服上透著汗，腦袋有點沉重，但仍聚精會神的緊抓機車龍頭，隨著車潮推擠被沖回家中。

一進家門，我脫下菸臭味濃厚的衣服，狠狠的洗了熱水澡，再坐到電腦前，打算快快寫下第一天上班的田野筆記，趕緊上床睡覺。只是儘管洗了個澡，仍洗不掉阿樂不屑的起身離去的身影。

我坐在電腦前左思右想，思考的卻不是學術上所教會我的。

大寶昨天面試時的臭屁嘴臉以及今天神氣的樣子、阿樂與小晴的摟摟抱抱、瑋瑋向阿樂敬酒的動作、鬼鬼諄諄教誨的嘴臉，通通變成那團模糊的黑色物體，告訴我要力爭上游、賺大錢，變得跟他們一樣厲害而擁有權勢。

此時，費玉清的聲音竟在我腦海深處傳來：「明天見……」

我實在寫不下去了，索性擱下手邊的稿子，放起涅槃樂團（Nirvana）在紐約不插電演唱會中所唱的最後那首〈Where did you sleep last night〉，一句一句跟著哼起。

「……Her husband, was a hard-working man.
Just about a mile from here.
His head was found in a driving wheel.
But his body never was found……」

第四章

蹇：鐵壁內的紙老虎

#1

傍晚的大榕樹下聚集了一群少年，圍成罕見的大圓圈。這些少年們臉上帶著這年紀不該有的凝重，或叉著腰、或雙手抱胸的站著。就算是年紀較輕、看起來才剛加入這個集團不久的成員，也顯然感受到了肅殺之氣，將嘴巴緊閉。

石震鵬不知從哪兒得到的消息，混在人群中觀望，一顆白皙的腦袋在眾人之中格外顯眼。

也許，根本沒人沒注意到他，又也許，多一個人在場也無不妥。

榕樹的氣根被微風吹拂，冉冉飄起。陽光因榕樹濃密枝葉的阻擋，使樹蔭下顯得相當陰暗。

兩個人從大圓圈的兩側走出，往圓心邁進，四目如鷹眼般針鋒相對。左邊皮膚黝黑、身材高壯的人是榕樹下老大「肖仔禮」陳穎禮；右邊染著黃色頭髮，長著痘子，體形短小精悍的，是正在念國二，呼聲最高的老大接班人阿勇。

這個「釘孤枝」的邀約是由阿勇發起的，他的動機不難想像。在大榕樹前方，操場看臺一角的裂縫處，是阿勇一夥人的地盤。陳穎禮與阿勇兩幫人馬的關係並非不好，與別校鬥毆時，甚至會一鼻孔出氣，只是雙方都非常清楚一山容不下二虎，因此他們過往在校內基本上有著互不惹事、各自為政的默契。而現在，公認為大哥的陳穎禮，已經到了即將畢業離校的年紀了，阿勇這次的挑戰，如果一舉把陳穎禮摺倒，他便可名正言順的收服陳穎禮的殘黨，將大榕樹這個「獨立特區」接管過來，而就算打不贏，他也起碼能享有勇於挑戰前任老大的美名。

兩人挺起了肩膀，擺出架勢，沿著一個隱形的弧線，小心的踏著腳步，保持一定的距離繞著轉。陳穎禮的濃眉大眼露出陣陣凶光，阿勇單眼皮的小眼睛則射出異樣光芒。兩人屏著氣，積蓄著能量，時間彷彿凝結。

就在觀眾還沒來得及反應時，阿勇壓低身子衝了過去。陳穎禮往他腦袋揮了一拳，卻被阿勇一個側身避開了。轉眼間，阿勇一記生猛有力的拳頭，結結實實的打在陳穎禮的肚子上。陳穎禮悶哼了一聲，兩個手肘向下敲擊，打在阿勇的頸椎上。但是因為阿勇身材比較矮小，如今又壓低身子，令陳穎禮的肘擊使不上力。緊接著，阿勇又一記由下往上竄升的拳頭，硬生生擊中陳穎禮的側臉。

落葉蕭蕭，觀眾們張大嘴巴，噤聲不語，就算他們已然歷經不少場面，卻不若此時旁觀二虎相鬥的緊張。

陳穎禮往後退了兩步，大口喘著氣，腹部的傷害讓他下半身有如麻痺般使不上力，臉旁的一拳又讓他雙眼直冒金星。阿勇心裡清楚這一回合的交手由他占了上風，退了兩步蓄勢待發。

又在一個電光石火之際，兩人同步趨前，雙手拳頭胡亂揮舞，落在對方的腦袋、臉頰、肩膀之上。陳穎禮壓低身子，仗著人高手長遠距離揮擊，阿勇將雙手護住頭部，在嚴密的防守中趁亂還擊。兩人又互毆了不下上百記拳頭，混亂中，陳穎禮的眼睛被一記直拳毆中，視線模糊令他睜不開眼睛。而阿勇的頂門屢次被敲擊，感覺頭暈目眩。就在陳穎禮腳步開始搖晃、站立不穩時，阿勇一個墊步，用整個厚實的身子衝撞過去，再單腳一勾、手肘一頂，把陳穎禮巨大的身子撞倒在地。

阿勇見狀，嘴角笑了一下，卻仍不放過陳穎禮，把精壯的身軀坐到他的腰際上，雙拳如閃電般往他頭上直直落下，「砰！砰！砰！」每一個聲音如悶響般傳來。

「你投不投降？」阿勇喊道。

陳穎禮倒在地上，對紮紮實實的拳頭逐漸無感了，他想：「我到底為什麼要把自己變成這個樣子呢？」此時阿勇在他上方的身影，失去飽和度而變得灰暗，身旁的觀眾也在他的視線裡慢慢褪色，變成一個又一個只具輪廓而無形體的黑影。然後，這些黑影竟結朋成黨，亦步亦趨的聚在一起，變成一個張著無數小嘴的巨大黑影，發出刺耳的嘲笑聲。

在巨大的嘲笑聲浪中，那團黑影突然生出了一對對眼睛，從一雙、兩雙、四雙、八雙……呈等比級數上升，最後讓人再也無從算起。

那些上下打量的窺視目光，一一發出射線，射穿陳穎禮的內心最深處。黑影無情的嘲弄、侵蝕著他的理智，不懷好意的眼神看穿了他的隱私，一張張鬼魅般的嘴臉，摧毀他作為文明人的最終防線。

「我操你媽一群王八蛋！」

他不知從哪生出了力氣，先是一個手掌抓住阿勇落下的拳頭，將它甩開後，再一記直拳向上直貫阿勇的鼻子。阿勇痛得雙手護住臉部，壓在他身上的力氣也小了。他又一記左拳揮中阿勇腦袋，一團混合著鮮血與牙齒的東西，噴到觀眾腳下。緊接著，他壓著在地上扭動的阿勇，用剛剛阿勇對待他的相同模式，雙拳如暴雨般落下。

「你再欺負我啊！你再看不起我啊！」此時此刻，陳穎禮的心中被狂暴與憤怒所淹沒，情緒的滾滾洪流盡數往阿勇身上發洩，他就這樣搥打著、揮擊著。眼前的敵人是誰，身邊的人發出了什麼聲音，他都不在乎了，他的心中只有一個執念——把所有煩人的東西驅逐出他的世界。

「肖仔禮！他已經投降了，你再這樣下去會出人命的！」

這句話傳出後，他才從黑暗中醒來，慢慢鬆開拳頭。雙眼無神的他，慢慢被人拉起。兩邊的人馬已經不管誰跟誰一夥，紛紛蹲到阿勇一旁，察看他的傷勢，而少數幾個與陳穎禮關係較好的人，則到他一旁，拍了幾下他的屁股。

「阿禮！你還好嗎？」校花從人群中走出，纖細的小手拉住陳穎禮肌肉緊繃的手臂。然而，不知是陳穎禮尚未平息內心洶湧的情緒，還是他根本不領情，只見他把校花的手給甩開，頭也不回的從人群中快步走出。

在夕陽的昏暗色調之下，視線變得朦朧。石震鵬蹲在人群外、榕樹下的一角，看著陳穎禮離去的背影，還有校花的美好身段，心裡開始暗潮洶湧，悄悄生起某種奇怪的頻率與某種物體共振。

#2

在臺北市某個新開發地段，矗立著一所粉紅色外牆的高中。這所高中校齡相當年輕，靠著自由開放的學風、新開發地區有錢人家子弟就讀的需要、剪裁得當的好看制服，在短短幾年之內躋身名校之列。校內，五層樓高的教學大樓圍成中空的長方形，正中央有著天井，如客家土樓一般。天井裡頭是一片小小的中庭，在中庭前方，則有個通往地下室合作社的階梯。

石震鵬容光煥發的牽著學妹的手，隨著中午的人潮，走在前往合作社的路上。那件髒兮兮的藍白國中制服，已經被收到櫃子深處，他身上穿著俊挺的純白高中制服；過去留著瓜呆頭，現在則剪了俐落清爽的短髮，他還戴起了隱形眼鏡，露出憂鬱而深沉的眼神。

整體來看，他的身材因發育成熟顯得瘦高而不失挺拔，他的聲音也隨著喉結長出，跟著低沉起來。

這是石震鵬人生中前所未有的一段時光。他發現自己步入「轉大人」的階段，體態開始全方位提升，平常他仰著頭看的同學，倏忽之間反了過來，變成他低著頭看。勤於打籃球的他，因身材矮小，原本主打以運球技巧取勝的後衛，隨著身高拉長，他竟變成一個能攻能守、腳步靈活的鋒線球員。

另一方面，他的個性變得開朗。其實他的人緣本來就不若自己所設想的差，當同學們有課業上的問題向他請教，他總是用不溫不火的態度與人分享；當有事情需要人出點子時，他總是能從腦袋瓜中迸出天馬行空的想法。這樣的性格也許在國中並不顯眼，但當他到了這所臺北市數一數二的好學校後，便一躍提升成風雲人物，讓人用「又會玩又會讀書的全才」來形容他。

那天的午飯時間，鈴聲一響他就從教室走出，一邊走一邊瞥向路旁的玻璃鏡面撥頭髮，一路撥到二樓的一年級樓層，再就定位擺出三七步，雙手插著口袋，守在學妹教室門前等她下課。

在那個長髮飄逸的美好身影走出後，他們肩並著肩，刻意在一年級樓層巡禮，再大搖大擺的走向一樓。

他們步入中庭時，早已人滿為患。他左顧右盼，東向一位同學打招呼，西向一個朋友扯幾句，如果有空檔的話，他還會趁亂搭著學妹的香肩，向樓上的同學們揮揮手，流露出不言而喻的少年得意。

一段短短五十公尺的路途，他竟好似國家元首出巡般的走了十分鐘。

在石震鵬認為今日社交工作已告圓滿後，他帶著春風得意的表情，隨著人潮擠進狹小的合作社，抓起兩個便當，將幾個銅板豪邁的丟給櫃檯阿姨，然後前往最後的目的地。

這所高中校地面積不大，偏僻的角落不多，因此每個據點都成了許多熱戀男女學生午休時間的兵家必爭之地。石震鵬與學妹兩人，踏著熟悉的步伐，來到人煙罕至的工藝大樓一樓，順著陰暗的旋轉樓梯而上，一路到了五樓那間閒置的地質教室前，挑了個小平臺坐下。

石震鵬的肚子早就餓了，三兩下便將便當給吃光。吃飽後，他帶著期待已久的神色，轉頭看著學妹漂亮的臉龐，然後目光逐漸游移，先是看到她白色制服透出黑色的內衣，接著看見她勁短的裙襬下，裸露著白皙纖細的大腿，他再也忍耐不住，伸手撫摸。

「小錦，」石震鵬一邊摸，一邊享受的說，「今天又是個美妙的一天。」

小錦笑而不答，兀自吃著便當。

「雖然有的時候我會想，」石震鵬將手更深入了裙底一些，「妳當初有不少人追求，像是妳班上跳街舞的那個小黃，我總覺得他打量我們的眼神充滿著敵意，真教我不爽。不過，」石震鵬竟笑了出來，「現在我們在一起了，他還能怎樣？」

「嗯。」

石震鵬繼續說：「我啊，過去其實吃了不少苦，還有不快樂的童年，那種嫉妒的眼神，我了解，我也曾經有過。但經過我的努力後，現在可能是我最快活的時候呢！」

小錦似笑非笑的笑了兩聲。

「小錦，妳有心事嗎？」他發覺小錦今天有些不對勁，連忙正色看著她，然而那隻鹹豬手，始終沒抬起過。

「石震鵬，」小錦放下手邊的便當，正色看著他，「你真的喜歡我嗎？」

他想都沒想就說：「我當然喜歡！」

小錦又把頭低下了，說：「那你喜歡我的什麼？」

石震鵬思索了一下，說：「不管幸福或痛苦，一直能在一起作伴。」

「那麼，」小錦手拿著筷子撥弄便當裡的飯粒，「你知道我想要的幸福是什麼嗎？」

石震鵬愣了一下，這問題讓他想得更久了，過了片刻，他謹慎的說：「小錦，其實現在我仍不太明白妳要什麼，畢竟我們才剛在一起不久。」他盯著小錦的眼睛，「但我很願意將我現在所擁有的，與妳一同分享。」

「呵呵，」小錦冷笑了兩聲，「你現在所擁有的，難道是我想要的嗎？」

石震鵬慌忙坐到小錦前方，說：「妳怎麼忽然問起這些問題來了？」

「我不該問嗎？」小錦將他放在自己大腿上的手甩開，「如果我不問，我想我永遠也不知道答案。」

「怎麼會？」一絲不耐煩閃過石震鵬的腦袋，「我時時刻刻都為妳著想，一下課就到妳教室門口接妳，帶妳認識我的朋友……」

小錦打斷他的話，說：「那又如何？你不覺得，我只是你的『東西』嗎？」

「妳……」他氣得站了起來。

然而小錦低著頭、滿臉愁容、瑟縮成一團的樣子，又讓石震鵬悄然升起一股憐愛之情，他坐下伸手握住小錦，柔聲的說：「不然，妳來說說妳的感受，讓我了解，好嗎？」

小錦轉頭看了石震鵬一眼，隨即又縮起頭來，髮絲遮住她的臉龐。她幽幽的說：「雖然與你在一起三個月了，我卻一直覺得你離我好遙遠，好像你人在我身旁，卻只是一個沒感情的空殼子……」

他一邊聽著小錦說話，一邊細細數著他與小錦相處的三個月，突然驚覺，的確，他與她之間的話題總是只有兩種，一是吐家裡的苦水，二是邀功似的對她說著近日的豐功偉業，而小錦對他說的話，他則沒什麼印象。頓時，連他自己都覺得與小錦相隔遙遠，好像只是熟悉的陌生人。

一股孤獨感襲上他的心頭，原本充實飽滿的內心被瞬間抽空，美好的景象全都是自我投射的泡影。

他用近乎顫抖的語氣說：「小錦，我想我還不夠了解妳，妳也還不夠了解我。妳知道，我的父母從來沒有恩愛過，而妳是我的初戀，也許是我自己還不知道怎麼投入感情……」

「又是你家的事！」小錦突然將語調拉高，「只會拿你的家庭當藉口！你難道沒有自己的思想、自己的目標嗎？你不改變，你的家庭會改變嗎？」

石震鵬惱怒的站了起來，大聲說：「我家的事，我只對妳一個人說過，我信任妳，妳竟然拿來踐踏我的自尊？」他狠狠跺了一下腳，「我這麼努力的考進這所學校，盡力的經營自己的人際關係。當我走在路上，人人用羨慕的眼神看我。我哪裡沒有自己人生的目標了？」

「那都是假的！虛幻的！」小錦尖聲喊著，「你是為本來的自己而活，還是為別人建構出的自己而活？」

「啪」的一聲，石震鵬一個巴掌惡狠狠的打在小錦臉上。

小錦枯坐著不發一語，將目光從石震鵬身上抽開，眼神渙散的望著天空緩緩飄過的白雲，兩滴眼淚從一眨也不眨的大眼睛中滴落，流過她泛著紅色掌印的臉蛋，劃出一道淚痕，再匯集到她尖尖的下巴，結成一顆大水滴。她用絕望的語氣幽幽吐出：「石震鵬，看看你現在的樣子。」

石震鵬的雙腳因情緒激動而顫抖，雙拳因憤怒而緊握著。他緊咬著唇，眼睜睜的看著本來已經離他遙遠的小錦，現在卻連「親密的陌生人」都算不上，只剩下看起來玲瓏有緻的肉體、隱隱透出的黑色性感內衣、裙襬下勾人的白皙大腿，然後，沒了。

小錦緩緩吐出：「你，像不像你所深惡痛絕的人？」

「啵」的一聲，他身子的外殼一瞬間破裂了，一股潛藏在體內的濃密黑煙猛然竄了出來。黑煙在他頭頂上盤旋，繞了一圈後逐漸聚集成球狀烏雲，蠕動成一張暴君的臉。接著，那張臉說話了：「不是要超越我嗎？」

石震鵬往後退了三步，半刻說不出話，他轉頭看了小錦，卻見她仍低頭哭泣著，什麼都沒看見。

「原來你一直都在，原來你躲著這麼久。」石震鵬絕望的蹲了下來，最後一道高牆已告崩塌，孤獨的心靈此刻什麼都不剩。他激動的抱住小錦，即便他們之間的距離再遙遠、再無感，他仍像個溺水者，緊緊抓住眼前出現的任何事物。

#3

陳穎禮第一次親眼看見黑暗物質，是在某晚回家看見媽媽發作的樣子後。

那晚，他甫踏進他家的小社區，看見一閃一閃的熟悉紅光時，已經覺得不太對勁。當他走到他家樓下，看見好多臺警車，一旁幾個警察用對講機不知說些什麼，使他心裡更加慌張。

「是來堵我的嗎？但我這些日子並沒有幹什麼大勾當啊？」他從警察身旁走過，警察也沒多看他幾眼，就讓他上樓去了。

電梯門口打開，女人的尖叫聲與男人的低吼聲傳來，他慌忙往家裡跑去。

大門敞開著，看似被硬物敲開，旁邊凹陷了下去。

「滾出去！你們這些要搶我錢的魔鬼！」他的媽媽一邊尖叫著，一邊被幾個警察五花大綁的拖出來。幾個警察把他家裡弄得一團亂，賣力的翻找東西。

陳穎禮的腦袋一片錯亂，但還是把他巨大的身子移動向前，對著警察近乎恐嚇似的問著：「你們抓我媽媽幹什麼？」

帶頭的戴著高帽子的警察，立刻用公事公辦的冷酷口吻說：「你的母親林淑禎，被控假冒他人名義，非法抵押此間不動產貸款，又遲遲不肯出庭，我們依法將其收押。」接著，他亮出了一張紙，「這是搜索票。而在我們破門而入時，見到她疑似正在吸食毒品，經查確認非法持有二級毒品安非他命，我們以現行犯加以逮捕。」

陳穎禮不可置信似的張大嘴巴。他衝下樓，追上欲將他媽媽推進警車的警察，向警察說：「可否給我幾分鐘讓我和我媽媽講句話？」

警察認得他，點了點頭。他看著他媽媽布滿血絲的眼睛，說：「媽媽，我相信事情不是這樣的，我晚點就過去看妳。」

「你是誰啊？滾！滾！滾！」媽媽披著亂髮，歇斯底里的大吼大叫，「你們只貪圖我的榮華富貴！通通給我滾！」接著，她竟然詭異的笑了出來，「呵呵呵呵，像你這樣的彪形大漢，看起來很厲害，很強壯是吧？」

她伸出塗了紅色指甲油的手指，點了陳穎禮的胸口兩下，說：「卻怎麼看都只是隻紙老虎罷了！紙老虎也想搶走我的錢？作夢吧你！」

陳穎禮心頭一震，僵著一張臉，眼睜睜的看著媽媽被塞入警車，往社區門口駛去。警笛聲揚長而去，死寂再度籠罩著這個社區。他抽起一根菸，坐在馬路正中央盤算著今晚該去哪兒，然後又該怎麼把媽媽帶出警局。

對時常出入警局的他來說，不是沒看過這種半夜突然抓人的場面，但他平常只是打架鬧事，沒犯過滔天大案，就算到了警局也被草草打發。

雖然他曾經在警局中看過某些人像瘋子般被帶進警局，但那畢竟不關他的事，除了覺得吵之外，他只以事不關己的態度冷眼旁觀。而如今，一堆狗屁倒灶的事忽然降臨在他頭上，竟令他一點主意都沒有。

「只是隻紙老虎罷了！」突然，他媽媽那張猙獰的臉孔又浮現眼前。

好像很久了，也許根本一直以來都是如此，在有著陣陣塑膠燃燒味道以及許多奇怪藥丸的背景中，一個女人躺臥在沙發上，神智不清的胡言亂語。

弔詭的是，當那女人腦袋清醒，或是有了突如其來的興致，她又會用近乎懺悔的話語表達強烈的愛。

那種愛，充滿了虧欠；那種愛，強烈到叫人無法接受；那種愛，與其說是發自內心的關懷，不如說是為了彌補內心深刻的愧疚與悔恨，才一股腦兒的盡數發洩而出。

那種愛不求回報，硬是要人收下，給予本身就是它的目的。

「陷在無可救藥的絕境當中，是否比我更加悠遊自在？」他抬頭望著路旁兩大排筆直、乾淨、整齊的五層樓社區住宅。一些被他收到意識角落裡的東西，像是耳語，像是低嗚，此刻由他心裡頭一陣一陣傳來。

聲音又更大聲了些。鄰居推開了窗，一個接一個黑影站上了陽臺，無不張起透著黃光的銅鈴大眼，或窺視、或直視，然後開始交頭接耳。

那明明應該是耳語的細碎聲音，如今卻好像接了一根聽診器似的，超脫空間的距離，化作巨大的聲響。

「你的媽媽是吸毒犯！」

其中，聲音最刺耳、最高亢，為數最多的是一種話仍說不清楚，像是小男生般的童稚嗓音，那聲音有著尖銳的高頻、誇張的語調。他們就像是一組整齊劃一的合唱團，齊聲高唱著一種來自陰間的古怪音階。

那堆小黑影悄然無息的從上頭一個接一個跳下，在地面聚成一支縱隊，一邊發出聲響，一邊朝陳穎禮走去。

「吸毒犯的兒子陳穎禮！」

聲音又更大了，陳穎禮摀住耳朵，痛苦的蹲了下來。但那些聲音好像遮也遮不住似的，就那麼打破一切物理原則而來。轉眼間那隊小黑影已經圍繞在他的身旁，手拉著手，愉快的轉著圈圈。

「吸毒犯的兒子說不出話，像個啞巴！」

「你們……」陳穎禮對著一個張著噁心嘴巴的小黑影使出全力揮了一拳。那個小黑影連著其他的小黑影，一瞬間聚合成一道黑煙，往住宅那邊飄去。

不絕於耳的聲響依然存在。在一片妖聲鬼語之中，那排公寓一樓的大門被打開，走出好幾個身形較大的黑影，靠在門口故作挑釁、交頭接耳，然後邁出一致的步伐，摩拳擦掌的朝著陳穎禮而來。

「你看！吸毒犯的兒子生氣了！」

就在他們走到陳穎禮面前約五公尺處時，竟紛紛蹲下，朝著陳穎禮跪拜了起來。然後，一團像是女性的黑影婀娜多姿的晃到他面前，再撩起了一團黑糊糊像是裙子的東西，搔首弄姿，時而把手搭到他肩上，時而往他跨下撫摸，最後，那整個黑影竟攀上他的肩頭，上下搖動屁股。

陳穎禮沒有任何感覺，他錯愕的轉頭看了一下那團女性黑影，卻只見兩隻醜陋的黃色眼睛，和一張血盆大口，恨不得把他生吞活剝似的。

他一隻手把那黑影甩開。但就在這瞬間，那群跪拜身影的面容，竟突然近到叫人看得一清二楚。一個神似阿勇的矮胖身影突然站起，一隻黑手由下而上朝著陳穎禮揮上幾下。

「連你們也……」他的雙手因恐懼與憤怒而緊握，他的肩膀因百感交集而上下顫動。

一種熟悉的感覺湧上心頭，即將淹沒他的理智。

然而，他卻意識到，當他每次揮出拳頭，身邊的人總是瞬間分作兩種類型：一種躲他躲得遠遠的，卻始終在背景裡潛伏著；另一種人好似沒有自己性格似的，上一秒鐘還唾棄他，下一秒鐘卻又跑到他面前釋放恭維的善意。

多年下來的經驗讓他了解，就算這一切多麼不真實、多麼令他厭惡，但他知道，如果不接受、如果不按照他們的期望去做，他們只會看準時機，把他狠狠拉下，所以，他只好一個又一個的跳入更慘烈的深淵中。

他抬頭看著眼前的黑影，細數這麼多年累積的不真實感，讓他懷疑自己體內有母親的瘋癲基因。

他的存在，還有如今眼前所見的幻象，都是別人未曾擁有的感受，只由他這樣的瘋子獨自承受。甚至，他懷疑這所有感受以及經驗，包括痛苦、迷惘、恐懼，還有被他們所擠壓出的狂怒，是否通通只是他憑空捏造出來的？

約過了三分鐘，鬼語的聲音逐漸減弱，鬼影的身影逐漸退去，最後周遭完全靜默，社區恢復原本的死寂。

一陣詭異的風吹拂過陳穎禮粗糙的臉龐。他往胸前的口袋挖出了一包香菸，叼出一根，用右手拿出打火機，左手擋住強風，點燃菸後深深吸上一口。

第五章

權力與男性氣質

#1

轉眼之間，我在「鑽石」這兒工作，已經超過兩個禮拜。關於一些職場上的規矩、人與人相處間的潛規則，已經有相當程度的了解。舉個例來說吧，在這裡，每個人的過去是神祕而不可過問的，我們只能夠見到職場上的這一面。

也因此，職場上的身分位階幾乎決定了彼此的互動模式。

例如，大寶是店裡的資深幹部，他從不坐在公關休息區，而是在店裡走來走去，就算他來到休息區，那也是紆尊降貴來「指點」低階公關的。而我身為一個小公關，自然要對他畢恭畢敬。

我們也有我們的做法。他那有些臭屁的態度近乎炫耀，每每在教訓男公關之後，引起我們私底下的攻訐。

然而我卻也知道，因為他是「幹部」，他就必須這樣做。甚至，我猜測連他自己也清楚這種作法招來的後果。例如，他曾在某次教訓小翔不該在休息區打瞌睡後，半開玩笑的說：「你們別罵我罵得太凶。」

那些幹部，或是已經升到襄理、經理的公關們，我沒有什麼機會和他們相處。我身邊新交的朋友，都是時常在休息區與我一同發呆的低階公關，像是先前曾經介紹過的鬼鬼。我們業績並不好，不知道多少次，幾乎所有公關都上檯工作去了，休息區只剩下我和他，以及在旁邊打瞌睡的小翔。這個時候反正閒著也是閒著，我們會遵從另一個「潛規則」：沒有上檯就得練拳。

拳划得好的好處太多了。在實務上，喝酒數量的多寡常常取決於遊戲技巧好壞，拳技精湛不但能讓自己少喝一些，還可以快速把客人灌醉，省點工夫。另一方面，在所有幹部當中，十個有八個是一代拳師，他們平常不會輕易下場划拳，一旦高手過招，他們會以每秒三輪的速度交戰，一來一往間的喊拳與變拳快到叫人看不清。每當這種場合出現，往往引起客人與男公關圍觀，噱頭十足又叫人過癮。

因此，划拳不知不覺已經成為某種「位階」必須具備的基本功夫了，人人皆懂從划拳的能耐來判斷一個公關混了多久。

我看著眼前露出詭異笑容的鬼鬼，他已經連續贏我三輪，而我肚子內脹滿了水。

「再來一把啊，廢物！」

我搖搖頭說：「再玩下去我會被灌死，喝水比喝酒還痛苦！」

他露出不齒的表情說：「連『水膽』都沒有，怎麼會有酒膽？來來來，再來一把。」

我不甘願的轉過身子，伸出一個拳頭，與他交擊一下，又重新開始了一輪。

在這輪激戰中，臺灣拳我靠運氣贏他，數字拳他靠陰險的蝴蝶拳贏我，雙方打成平手，直到了第三把的芭樂鏘，我因為喊拳失誤三次，「醜三」出局，硬生生又喝下一大杯水。

「幹！我的肚子開始痛了！沒想到喝水也會喝到痛。」

鬼鬼的臉頰與魚尾紋之間笑出一團肉，一邊譏笑著我一邊嚷著再來一把。

此時，一陣廣播聲傳來，呼喚鬼鬼上檯。

「很可惜，我今天賺到錢了。」他興奮的站起身子，拿起酒杯工作去了。我孤伶伶的坐在休息區，看著睡到口水流到下巴的小翔，內心感到無比落寞。

又剩下我一人了。

我不喜歡這種感覺，彷彿我是全世界最沒能力又最不被欣賞的人。我抽著菸排解無聊。菸灰缸的菸蒂愈來愈滿，上面的商標都與我手上拿的這支相同。

不知道多少個夜晚，我就這樣從凌晨兩點發呆到天亮，再被安排擔任下賤的值日生，收拾休息區所有垃圾，包成好幾個大包拿去扔掉後，神智清醒的騎車回家。

是的，剛進店裡的蜜月期過了，我的能耐已經被所有人知道。於是，我想到已經離去的瑞祥，他沒有帶客能力，又時常對他人蜚短流長，最後慘遭「冰檯」，沒有人點他，半毛錢也賺不到。

仔細一想，我的情況沒這麼糟糕，起碼我在人品這項保持得還不賴。嗯，既然如此，我要怎麼脫離困境呢？

辦法其實很簡單，就是必須帶客人進來。

唉，但是這說得容易，做很困難。

我保證，男公關是全天下最困難的工作之一。現在臺灣經濟狀況不好，十年前高朋滿座，自來客多到必須在門口排隊的榮景已經不再，現在男公關們必須靠著自己的努力，去「開發」客人。

開發的手段很多，最傳統的方法，就是我們俗稱的「發名片」。

每個禮拜三晚上九點整，幹部會帶著公關們來到店外頭那片熱鬧的街廓處，掃出雷達般的視線，過濾掉氣質普通的路人，挑上濃妝豔抹的酒店小姐，趨前搭訕，要電話號碼，而最終目的是把她帶到店裡來消費。

在我第一次上陣發名片時，瑋瑋副總親自為我示範一次，只見他瘦高的身影走向一個

提著LV包包的小姐，便展開三寸不爛之舌向她盡情開玩笑，三兩下就要到她的電話。❶

「為什麼不透露自己的身分呢？而且為什麼這麼容易要到電話？又為什麼要挑酒店小姐？」我問他。

「因為要是你透露出在FI店工作，她就會有戒心。」彷彿這是再簡單也不過的道理，他輕鬆的說，「酒店小姐們生活圈很小，渴望認識異性。她們成天上班喝個爛醉，又滿手錢不知往哪花，當然是首要目標！」

接下來，輪到我獨自行動了。我怯生生的走在大街上四下張望，看著馬路對面的同事已經挑到對象，正與小姐交談。於是，我在心裡直告訴自己不得示弱。

很快的，我看到一個矮小而衣著華麗的小姐在等紅綠燈，便咬一口牙上前說：「妳胸前的水鑽真漂亮！」

好死不死，這時候綠燈亮了，她說：「謝謝你，但我趕著上班。」便往前走了。我索性像個豬哥般，耍賴著跟著她過馬路。我說：「這顆水鑽哪裡買的？」她說：「是我媽媽送我的。」

約莫與她瞎扯了一百多公尺，我感覺時機差不多了，開口說：「可以給我妳的電話嗎？」她露出一絲狐疑的表情說：「我看你是男公關店的吧？還是經紀公司的人？我已經有經紀公司了，真抱歉，而且我們公司規定不能給別人電話。」

接著，她走進便利商店，我硬著頭皮跟了進去，她回過頭來對我說：「這旁邊就是我的公司，你跟著我會有麻煩的。」

此時我已經抱著什麼都不管的心態，像個無賴般的說：「但我真的想要跟妳做朋友，我保證不主動打給妳……」

她沒有回答我的問題，挑了一碗涼麵和一罐飲料說：「我好餓喔，但是我發現我沒有帶錢……」

我跟著她走到櫃臺，往我可憐的口袋掏出幾塊錢，替她付了帳，再一同走出便利商店，而她卻只望著一旁大樓門口西裝筆挺的櫃臺人員，向我使眼色說：「你快走，不然會出事情的！」

我別無辦法，繼續賴下去風險實在太高，只好向她說聲再見，失望的離去了。

關於「發名片」有用與否，其實各界說法不一，有人說，他所有客人都是靠發名片來的，有的人主張靠手機通訊軟體和網路就可以帶來客人，也有人單靠坐檯的風采使主要客人帶來的朋友們來開自己檯，像現在已經升到經理的阿樂。

---

❶ 由此可見，「發名片」並不是真的遞給別人名片，而是單純的搭訕路人。

男公關所做的這一切努力，都是為了往上晉升，獲得更高的職位，賺更多的錢，更讓別人瞧得起。

我也身在這遊戲規則當中。

2

在這裡，除了幾個潛規則外，沒有任何規矩，就連表面上的「上班不能遲到」、「低階公關只有週一可以穿便服」也沒有被嚴格執行。在這裡，只要能把客人帶進來，不管用什麼手段，就是老大。

我開始觀察，觀察那些業績好的人，到底是怎麼做的。

簡單來說，店裡主要分成兩種人：一種比較陰柔，靠著與客人交朋友，擔任客人與其他男公關間的橋樑取得業績；而另一種占多數的，是靠著與客人間的曖昧情愫來抓住客人。

走陰柔路線的男公關，數量雖然不多，卻個個令人印象深刻。

其中一個叫恩恩，在我還沒見到他本人之前，就已經在排行榜上的桌數王看到他的大名。當我見到他本人後，驚訝的發現，他長得完全不是典型上的帥，白皙的皮膚配上微胖的身材，講話嗲聲嗲氣的，舉手投足間帶著濃厚陰柔氣息，與刻板印象裡的桌數王一點也搭不上關係。

據說他蟬聯桌數王已經好幾屆了，這表示他必然有一套獨到的手腕。礙於地位上的落差，我一直沒機會與他互動，始終不得一窺其妙。偶爾坐上他的檯，見他既不喝酒，也不玩遊戲，只推著別人和他的客人們嬉戲，自己坐在旁邊陪笑一陣後，一個晚上忙裡忙出的顧好幾桌。

這事情直到小翔與他的一名客人搭上線，才讓我看得比較清楚。那天，有三個客人來店裡找恩恩開桌，主要的客人叫蜜雪兒，其他兩個人是她帶來的朋友。由於其他兩人才剛開始來FI店，恩恩按照慣例替客人叫了看檯，緊接著廣播響起，包括我與小翔在內的一大票人馬，來到她們的桌面前站成一長排。

其中一個留著中分髮式的女生，一看到小翔就指著他驚呼說：「那個人手上的刺青好帥喔！我要點他！」

最後，她們點了小翔與阿樂。在小翔去廚房拿酒杯時，我用手肘頂了他兩下，說：「你整天只會睡覺，竟然也給你碰到一個客人。」

小翔聳了一下肩膀，說：「要是有機會，我就拱她也順便點你。」

在我回到休息區坐了不到半個小時，廣播響起我的名字，叫我也去小翔那桌。

「他成功了。」我心想。當我坐到桌面上時，小翔和她已經到沙發一角，肩並著肩，講起悄悄話來了。

我向她敬了杯酒，感謝她點我。她說她叫秀慧，是個態度十分大方的女生。

「小翔，你聽 emo❷嗎？」秀慧問。

「我聽啊，妳怎麼知道的？」

「你的外表就是個 emo 仔啊！」秀慧一副理所當然的樣子。

他們兩人因為喜歡一項共同的音樂次文化而一拍即合，而我因為是小翔的好朋友，對 emo 也稍有興趣，我們聊得十分盡興。

從此以後，凡是蜜雪兒帶秀慧來店裡，就必定點我和小翔。她們的消費力非常旺盛，一個禮拜最少來兩次。

這表示，我和小翔總算是有了一個穩定的客人了。

秀慧是個難得一見的好客人，她不喜歡不停玩樂，也不喜歡喝太多酒，反而喜歡叫我們陪她打手機遊戲和分享音樂。此外，她還是個非常不典型的酒店小姐。出身臺南鄉下，考上臺南女中的她，因為嫌棄無聊的生活而隻身上臺北從事酒店工作，目前已經賺到替爸媽買下一棟房子。

也許，因為我和她都是體制中的叛逆者，所以有些許的文化親暱感。

蜜雪兒是個年輕貌美而脾氣暴躁的客人，她來店裡開桌時，常常已經喝得爛醉，路都快走不穩，被秀慧一拐一拐的攙扶進來。此時恩恩會快步趨前關心，甚至還會責備她說：「妳怎麼喝這麼醉還要來啦？」但最後仍會替她安排男公關上檯。

公關們上檯後要非常小心，因為說錯一句話，蜜雪兒就會大發雷霆，絕不給人好臉色看。這時我總是默不作聲，乖乖的待在秀慧旁邊，把場面交給恩恩和阿樂處理。

蜜雪兒喜歡阿樂，她往往先愁眉苦臉，一陣暴怒後強灌自己好幾杯酒，然後一頭倒在阿樂的懷裡，再以毫無邏輯的話語向恩恩訴苦。而恩恩則會有耐心的聽著，以同理心思考的模式幫助她將苦水吐出，直到蜜雪兒睡著。

當她一倒，就算是大功告成了，恩恩起身去顧別桌，秀慧也不必再顧著自己的朋友，而可以大方的與我和小翔聊天。

我看著倒在阿樂大腿上熟睡的蜜雪兒，再看了一眼與小翔熱烈談天的秀慧，心裡終於清楚恩恩厲害之處，他以陰柔氣質降低小姐們的戒心，讓她們放心將決定權交給恩恩，然

---

❷ 一種從龐克樂衍生出的次文化。喜好 emo 的人通常會蓄著蓬鬆的長髮，搭配貼身而鮮豔的穿著，並在臉上打洞，不分男女皆畫上煙燻妝。而在性格上則給人憂鬱的形象。

後他慧眼獨到的安排客人喜歡的男公關，讓他們替自己處理不必要的麻煩。

小翔與秀慧之間的進展非常神速。某天，都已經凌晨三點鐘了，小翔遲遲未到，按照慣例我替公司打電話給他。本來我猜測他又是睡過頭，沒想到，他接起電話後卻說：「我現在在秀慧家，幫我跟公司說我明天會拿買出場的錢過去。」[3]他們的關係已經好得如火燎原了。

秀慧也時常打電話給我，本來她只是想向我探聽小翔的事情，諸如，他到底喜不喜歡自己，或是求證某些事，後來慢慢聊起文學和時事相關的話題。（甚至到我寫作的現在，我們偶爾還有聯絡。）

回到當初，我的角色是「立場偏向小翔的中間人」，秀慧問到不該講的事，我裝傻；有些可以講的，我加油添醋。

某天，小翔出乎意外的準時上班，只見他氣呼呼的將背包扔進置物箱，點起菸翹著腳抽著。我問他怎麼了，他說：「那個他媽的秀慧死都不來開我的桌，我昨天去她家為這個弄了超久，她卻反反覆覆不知在說什麼！」

「這麼嚴重？」

「你自己想想看，我幫恩恩處理客人，好處都被他拿走，他卻連一聲謝謝都沒說，這讓我怎麼吃得下去！」小翔氣憤難平。

「那秀慧那邊到底怎麼說？」

「哼！」小翔吸了一口菸，難得看他情緒起伏這麼大，「本來她已經說好今天要來開我桌，但不知道恩恩打電話跟她說了些什麼，她又不來了！」

「那你怎麼說？」

「我直接生氣給她看啊，把她電話掛掉！」

後來我接到秀慧的電話，她慌忙的問我小翔是否相當生氣，我說對，然後試著釐情狀況，唯獨問到恩恩的事情，秀慧閃爍其詞，讓事情變得更加可疑。

之後，秀慧還是會跟著蜜雪兒來店裡消費，而點小翔的次數卻減少了。

每當小翔與我上檯後，氣氛已經不若以往歡樂，他與秀慧的交談不再那麼熱烈，而他與恩恩之間，更多了些隱藏在檯面下的火藥味。顯然，彼此都心知肚明對方私底下在搞些什麼。

我不清楚恩恩到底做了些什麼，但我能肯定在這場爭鬥中，恩恩占了優勢，因為在店裡如同搖錢樹的恩恩，讓包括客人與公司幹部在內的所有人都必須支持他。換句話說，恩

---

❸ 公關可以被客人買時段出場，事後拿著錢交給公司，回來銷假就好。

恩控制所有人，客人的權力反而少了些。

我也相信公司高層知曉這些事，某次瑋瑋副總在點名時說：「最近店裡發生一些搶客人的事情，大家都心知肚明，但我們以和為貴，希望大家不要因此傷感情。」

這句話，已經表明公司不介入任何私人恩怨的立場了。

就這樣，小翔持續與恩恩在暗中交火，時不時又與秀慧在電話中「談判」。事情演變到最後，小翔連上檯的機會都沒有了，恩恩獲得最後的勝利。而我也受到波及，失去了一個客人。

有時我還會看到相當諷刺的景象，秀慧來店裡開桌卻心不在其他男公關身上，頻頻往休息區搜尋小翔的身影，而他們就算要相聚，也只能在外櫃見面，像一對私奔情侶般的在荒郊野嶺幽會。

在這件事情上，如果恩恩讓步，他損失的不單純是一個客人，還會令他顏面掃地，甚至桌數王的榮耀也不保。因此，毋寧說這是一場「權力」的鬥爭。

此類圍繞在「爭奪客人」以及伴隨而來的「鞏固權威」、「晉升位階」的事情，幾乎天天在店裡上演，這也是成為一名優秀男公關的基本條件。

在恩恩的例子中，我們見到他選擇的策略，而接下來則要介紹一種截然不同的方式。

#3

在小翔與恩恩的事件發生後，小翔的業績一落千丈，凡是恩恩的桌，幾乎八九成不會點小翔坐檯，而恩恩一個晚上可以包辦一半以上的客人，小翔的狀況幾乎形同於「冰檯」。於是，轉店的念頭在他心中萌生。

「謝碩元，我認真的想轉去二店當正職。」

從「鑽石」走出去約莫一百公尺的轉角處，有另一家叫做「璀璨」的分店。「璀璨」空間比較小，只有八個桌面。它的價位比較低廉，帶客人進來比較容易，而且階級制度不若「鑽石」嚴格，公關們的感情較為融洽，因此「璀璨」允許公關們自由跑檯，憑自己的實力要求客人點自己上檯。

「璀璨」開到早上十點，允許「鑽石」的公關下班後到「璀璨」兼職。偶爾我在鑽石沒賺到錢，會到「璀璨」碰碰運氣。

至於我為什麼會踏入「璀璨」呢？約莫在我就職的一個禮拜後，一個我從沒見過的小矮個公關突然走進店裡，一見到小翔便露出高興的神色，說：「你怎麼回來了！」

「我才想說你們一群人怎麼一個都不剩了呢！」

這名小矮個公關叫阿修，是小翔一年前在「鑽石」裡的好朋友。從他的口中得知，在小翔離職的這段期間，有一票公關集體從另一家店跳槽過來，讓公司內的男公關數量大增。後來，股東們決定在公司旁邊開家分店，而與阿修要好的一群公關們，抱持著革命情感，決定一同到另一家店去闖蕩新天地。

於是我們約好，下班後到「璀璨」去看看。一踏入璀璨，小翔像隻脫韁的野馬，興奮的在店裡竄來竄去，忙著向過去的同事們打招呼。

阿修這天剛好有客人，他叫我和小翔坐到他身旁，向客人說小翔是他「穿同一條褲子長大的好朋友」，說我是「將來要一同穿褲子的人」，逗得客人咯咯笑，也連帶讓我們兩人上了檯。

下班後，我們三人到旁邊買了蛋餅，坐在店門口吃著。

吃著吃著，阿修忽然說：「你們覺得現在的鑽石如何？」

「跟之前的氣氛差很多，同事們壁壘分明，幹部又嘮叨，很煩！」小翔說。

阿修點點頭說：「我們二店的人，就是看不爽這些事才不想繼續混的！」他放下蛋餅轉過頭來，「搞客人就夠累了，我不想連人際關係都弄得像打仗一樣。」

當大家吃完後，點起了菸，準備要離去，阿修卻突然湊到我們耳邊說：「我講真的，你們有沒有考慮要轉來二店？」

我和小翔詫異的看著他。他繼續說：「你們自己想想，我們這裡規矩鬆不談，客人只要花個三四千就能開桌，多好帶！不信你們看看我們的點名簿。」我們走到櫃檯前，阿修攤開簿子，滿江紅一片蓋滿了坐檯章。「你們看，昨天幾乎整家店的公關都有上檯，在鑽石有這麼容易嗎？沒有嘛！然後你再看，我們店裡幾乎都是副理以上，這表示什麼？客人好帶啊！薄利多銷你們懂不懂？」

阿修的話一直被放在我和小翔的心中，而到了小翔幾乎在「鑽石」混不下去的當下，又重新浮現。

「我覺得阿修說得有道理，我們在鑽石一點依靠都沒有，又賺不到錢，繼續待下去只是浪費時間。」小翔說。

對我來說，如果我到二店去，便可以搭小翔的順風車，不管對研究或是賺錢都有幫助，而且我也相當喜歡二店的氣氛。

於是，我們考慮了兩天後，決定向幹部提出轉店的請求。

我們去DJ室裡找強仔談，他聽到我們的話，眼睛盯著手機螢幕，說：「你們想清楚了嗎？」他看了我們一眼，「二店那地方，風評不好。」

我們不懂他的意思，迷惘的看著他。強仔繼續說：「我沒辦法做這種決定，我請勝哥跟你們談。」

我們被帶到當初面試的那間小包廂，沒多久勝哥便走了進來，面色凝重的坐在我們面前。

勝哥是店裡的資深老幹部，年紀大約四十，個頭不高卻有滿身肌肉，喜歡穿緊身背心露出帥氣的「半甲」❹。他在店裡扮演穩重而威嚴的人物，凡是他出馬訪檯，階級再高的公關都會主動讓座，再難搞的客人看到勝哥也不敢造次。

在我剛進店裡時，他總是用厚實的手掌捏一捏我的肩頭，鼓勵我向上，不吝給予指教。在我心中，他是個帶有濃濃父愛的好人。

然而現在坐在我們面前的勝哥，面色十分嚴肅，他用緩慢的語氣，劈頭第一句就問：「你們為什麼想去二店？」

我們將上班到現在的觀察，還有小翔現在的處境一五一十的說了，勝哥認真的聽著，我們每說一句，他就「嗯」一聲。我們說完後，他沒有講話，站起來在房間內踱步。

我們緊張的看著他，不知他想說什麼。

「你們要是真的想去，我不會反對。但是，難道你們這麼看不起自己？」勝哥走到我們眼前，伸出巨大的手掌用力捏住我與小翔的肩膀，「在鑽石這裡，才是真材實料的磨練，你們苦，我知道，但誰沒有苦過？一點苦就無法忍受，這叫什麼？」他用嚴厲的口吻一字一字的說：「這叫草莓族！」

我和小翔沒有答話。

勝哥放下按在肩頭的手，重新坐了下來，口吻溫和許多，說：「二店那裡一點紀律與規矩都沒有，價位那麼低，客人那麼好帶，沒有挑戰性。」他緩了一緩，繼續說：「而且說到實際面，二店的制度根本賺不了大錢，你說一桌四千塊抽成跟一桌一萬塊抽成，哪邊抽得多？恩恩為什麼想留在鑽石？阿樂為什麼要在鑽石發展？因為他們有賺大錢的實力呀。」

勝哥溫和的笑了一下，結實的面部肌肉擠成好多塊橫肉，「我說得比較嚴厲，但我確實是這麼認為的。」他將雙手抱在胸前，說：「我覺得你們兩人有留在一店的潛力，我建議你們先考慮個幾天，如果還是堅持要轉店，再來跟我說，好嗎？」

我和小翔點點頭，勝哥用力捏了我們肩膀兩下便出去了。

勝哥的這席話，似乎對我和小翔產生了影響，我們的計畫確實產生了動搖，事後我們去找阿修談這件事。他說：「勝哥當然會這樣說啊！」他眨了眨睫毛長長的眼睛，「他當然想把人留在自己重視的店。但你們自己到底喜歡哪邊比較重要吧？我看就別理那麼多，來就對了！」

❹ 指從手臂延伸至胸口的刺青，一般常見的有蟠龍、關羽、不動明王等傳統圖騰，是曾經混過「兄弟」的象徵。

#4

這件事後來不了了之了，我和小翔暫時打消轉去二店的念頭，只是下班後去二店兼差的頻率比之前高出許多，身邊比較要好的朋友也大多數在「璀璨」。

我除了發現兩間店的氣氛確實截然不同之外，還益發嗅到兩邊人馬濃濃的火藥味。

那天，我在二店結識了久仰大名的浩仔。小翔未離職前，就已經聽說有個男公關「長得帥、唱歌又好聽、公司甚至把他的沙龍照掛在樓梯間」。時至今日，浩仔帥氣的照片依舊掛在樓梯口，而我面前的他卻是個頭髮凌亂、牙齒焦黃又氣色蒼老的男子。

「你別看浩仔現在這個樣子，他當年多麼叱吒風雲，不知有多少客人專程為他而來！」阿修這樣跟我說，小翔在一旁猛點頭。

「那他為什麼現在會變這樣？」

「還不是碰上不該碰的東西，我曾經看他用過，他捏成這麼粗一條耶。」阿修伸出食指與姆指，中間約莫有三公分的距離，「然後拉成好長一條，那根本是正常人十倍的量！」

會跟浩仔相識，主要是透過一位叫米妮的客人。米妮偶爾會跟她們公司一票姊妹來鑽石消費。我坐過她們檯，米妮單純而隨和的個性與我還算相處得來，但也沒有太深入的交往。

那天，我一踏入二店，驚訝的發現米妮坐在席上。我跑過去向她打招呼，問她：「妳怎麼也會來這裡？」

她用手指了指坐在他身旁的浩仔，嬌羞的說：「因為他啊！」

原來，浩仔自從昔日光景不再，客人都跑光後，就與其他男公關一同來到「璀璨」，而米妮始終對浩仔死心塌地，一路跟著他跑來二店。

浩仔聽到米妮說我在一店十分照顧她，便高興的揮了揮手，叫我直接坐下，接著阿修也湊了過來，拱浩仔上臺高歌一首。

他的聲音渾厚，聽得出是個練家子，米妮在我耳邊小聲的說：「他以前聲音更棒呢！」

就這樣過了一些日子，某天我又踏入二店，看見一店的老學長努努，正和米妮兩人開心的聊著天，而浩仔則不在位子上。

我和努努交情不差，索性一同坐了下來，聽見他們正聊著家鄉的話題。

「妳問我住哪？我住在太麻里的隔壁——玉里！」努努看起來已經在一店喝醉了，用原住民特有的大嗓門大聲說著。

「我老家在瑞穗！我們家好近喔。」米妮親暱的說著。

「我們都是阿美族的啦，來來來，為阿美族乾一杯。」努努舉起啤酒杯，「鏘」的一聲與我和米妮乾杯。

酒過幾輪，我卻仍未見到浩仔，於是開口問說：「浩仔今天沒來嗎？」

米妮搖搖頭，努努則說：「什麼浩仔，浩仔那毒蟲，不中用啦。」

我心頭一震，心想這樣的話怎麼能輕易說出口？我和米妮互望一眼，卻只見她也露出古怪的表情。努努伸手抓起盤中一片西瓜，說：「浩仔不在，我們就自己開心就好啦，再喝一杯。」

我陪著一臉苦笑與努努乾杯，米妮傻笑著也跟著喝。

不知何時，阿修面色凝重的走過來說：「浩仔今天有來，我現在打給他，你們稍坐一下。」

我起身跟著阿修走出門外，他將手機靠在耳前，連打兩通都沒人接，便憤恨說：「死浩仔，這種緊要關頭人卻不知道去哪，連自己最忠實的客人都要顧不好了。」

「那該怎麼辦？」

「不能怎樣啊，我能夠怎麼做？靜觀其變吧。」

我的心中確實是存在某種道德觀，告訴我努努這種搶客人又公然詆毀他人的行為是不對的。然而努努對我不差，在一店沒有任何架子又挺照顧我。更何況，我一個小角色，根本無從介入這些事。至於阿修，我相信他是基於情義站在浩仔那一方，只是他的顧慮和我相同——如果介入這些事，只會讓自己惹上麻煩。

當我們倆走回去，努努醉眼惺忪的看著我們，說：「浩仔有接嗎？」我們搖搖頭，他雙手一拍說：「啊哈，米妮我跟妳說吧，別等了，今天就直接開我桌吧，浩仔醉生夢死去啦，以後就跟著我走吧。哈哈哈哈哈！」

米妮掩著嘴愁苦的笑著，我和阿修無計可施的在旁邊低著頭。

過了兩天，我再度踏入「璀璨」。浩仔和米妮正並肩坐著。他看到我來，便一把將我拉過去，伸出手搭住我的肩膀，說：「小元，前天的事情你也在場，我都知道了，我告訴你，這次我不出手，他當我一輩子病貓！」

米妮在一旁頻頻拉他的袖口，直呼息事寧人就好。

浩仔拿起一杯威士忌往嘴裡灌，拉著我上臺一起唱歌，歌聲充滿著出戰前的悲憤。

過沒多久，努努大搖大擺的踏入二店，浩仔轟然站起，朝努努跨步走去，說：「我操你媽的，你前天說了些什麼話？」

「噹！」努努正要開口，浩仔抄起桌上的菸灰缸，直接朝努努頭殼砸下。

菸灰缸應聲碎裂，一堆碎玻璃扎了努努滿臉，血液從他臉上各個角落汩汩流下。

事後，努努住院養病，一個星期看不到人，我只在某次發薪水時看見臉上纏著滿滿繃帶的他。

而事發隔天，瑋瑋副總在集合點名時，花了十分鐘時間勸說，希望這種暴力衝突盡量不要發生，就算真的要打也不要搬上檯面，私底下約出去解決就好。

從此以後，我就未曾聽說有人說浩仔的閒話了。

#5

上班兩個禮拜後的我，已經將男公關的基本性別特質做了簡單的區分，如果用社會學概念來解釋的話，以上的工作建立了一套屬於男公關的「男性氣質」。

「男性氣質」（masculinities）由女性主義的領域衍生而出。過去，女性主義專注於探討男女之間的不平等，並且主張女性要有自覺／自決的能力，還提出「父權結構」的概念，來說明社會上男性掌控主要權力與資源的現況。

然而，卻遲遲沒有人研究「父權結構」的產生機制究竟為何。直到一九九五年，澳洲學者 R. W. Connell 觀察不同男性群體，整理出幾種不同成長過程的男性所擁有的特質，歸納了幾種男性氣質的產生機制，才讓「男性氣質」這個概念正式浮出檯面。

「男性氣質」與「權力」息息相關。在典型而傳統的男性群體中，哪一類的男性特別容易受到不平等待遇？在我的成長歷程中，那種比較「娘」的，或是個性特別軟弱的，還有體育表現不佳、課業成績不良又一無是處的，最容易受到嘲弄。

另外，男性之間也有著嚴格的支配從屬關係。男性群體中是不是常常有一個象徵性的「頭頭」，他的意見或行動特別受到敬重呢？而且他通常有著超明的果斷力，或者突出的能力，是個理性且堅強的典型「男子漢」。

我們放到另一個角度來看，當今社會有頭有臉的人物，仍然以男性居多，譬如說，一般人認定「女老師」適合教導高中以下的基礎科目，而「男老師」則在大學等高等教育任教；「女護理人員」是護士，「男護理人員」則是醫生了；此外，在政界、商界，儘管女性領導人的人數正在增長，但仍然以男性居多。換句話說，在「父權結構」的邏輯當中，「男性」掌握了社會上大多數的資源，加上我們重男輕女的傳統文化觀念影響，男性的地位不管在職場升遷，或是人們單純的一般「印象」上，硬是優於女性一階。

相對的，身為「既得利益者」的男性，固然生來享有優於女性的待遇，卻也換來更嚴酷的命運。為了爭奪老大的位置，男性之間永不停歇的鬥爭著。但是，他們偶爾也有對外團結的時候。他們擔心陰柔的女性／同志們有一天搶走自己的階級利益，所以他們會有意無意的藉由貶損陰柔者，來強化自己陽剛的階級特質，鞏固男性的獨特地位。為什麼男性常常看不起男同志呢？那正是因為他們破壞了這種「男性陽剛的集體意識」，必須被打入次等人的地位。

然而時至今日，性別之間的關係趨於平等，許多男同志或是陰柔男性的能力獲得肯定，傳統及陽剛的路徑已不見得適合所有男性。所以，有許多藝人勇敢出櫃，歐洲甚至有許多國家的總理不但表明同志身分，還獲得國民肯定。據我母親說，她小時候根本沒有聽過同性戀，甚至不相信真的有這種身分存在！這表示近幾年來台灣的變化是如此劇烈！

不過，有個悲傷的事實是，無論哪種男性氣質，還是無法擺脫圍繞於「權力」的討論。撇開性別不談，我們的社會終究崇尚有才能者，大家所追求的肯定也必須建立在個人能力之上。換句話說，無論一個男性是陽剛或陰柔，他人生的首要任務仍然是力爭上游。

上述這個話題可以再衍生討論的太多了，我們撇開不談，先以一張圖表來歸納以上的發現。

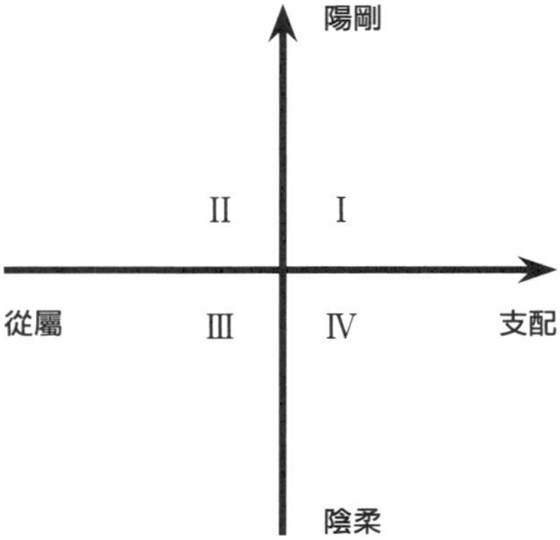

陽剛

II　I

從屬　支配

III　IV

陰柔

第一象限中的男性屬於典性的男子漢，第二象限則可以說是老大的小弟們，第三象限是被男性貶抑的娘娘腔，而第四象限是近幾年新崛起的同志新秀。

這個圖表並不是僵化的，一個男性並非永遠處在同樣的位置，而是隨著時機與場合改變的。一個幫派老大可能回到家中是老婆的佣人，一個白天被欺負的男同志可能晚上是同志社群中的 Party King。

現在讓我們回到酒店中來談。恩恩是第三象限的最好例子，「鑽石」內絕大多數的男性採用與人搞曖昧的手法來抓住客人，這表示大多數人運用同一種男性特有的魅力來博得客人的芳心，例如，划拳划得好、笑話夠好笑、肌肉夠結實、該生氣時不該退卻。但恩恩走的是截然不同的路數，他靠著陰柔氣質來取得客人信任，而當權力危機出現時，他採取在檯面下解決的策略。顯然，他成功的靠著這套方法贏得自己的地位，在一片崇尚陽剛的男公關之中，獨樹一格。

至於勝哥與浩仔，都是第一象限的代表，只是情況又略有不同。長久以來，勝哥都是酒店內眾人敬重的對象，他象徵的是走過傳統年代的男子漢，穩坐陽剛的寶座。浩仔曾經是紅牌，然而今天已經墜到谷底，幾乎可說掉到第二象限去了，而他面對危機的處理方式，就是一個「標準」男人解決問題的策略——直接大打出手。

而努努則可以說明階級上的變遷。過去在「鑽石」內，努努是元老級的人物，雖然業績不是太好，但豐富的資歷讓他保有一個還不錯的位置，可以說在第一象限；然而當他把腦袋動到浩仔的客人身上，得到了教訓後，他的名聲便受到嚴重影響，使他掉到第二象限，也讓旁人得到殺雞儆猴的效果。

我相信，「所有」男公關們所做的「一切」行為，都是有意識的在「鞏固」或是「取得」權力。而且，男公關們也必須學會什麼手法比較適合自己的性格，怎麼做才能在重重規則之中創造自己的空間。

這，就是我學到的第一件事。對如我一般的菜鳥公關來說，有這樣的收穫已經算相當寶貴。

雖然我已經大略抓住大方向，也得到「針對自己的性格去取得權力」的結論，我卻還是不明瞭，男公關作為服務業，我們所「販賣」的服務是什麼？銀行職員販賣金融產品，便利商店店員販賣「收銀」這個行為與如雷貫耳的「歡迎光臨」，他們終究還是有某種「商品」當媒介。

但沒有「商品」的男公關，賣的到底是什麼？而客人想要的又是什麼？

我又想起了頭上纏著繃帶的努努。記得前幾天，我在一店和他同桌伺候某位客人，兩人配合良好的一搭一唱著。客人不知是被笑倒，還是被灌倒，我和努努之間忽然升起了某種戰友情誼，深入的聊了起來。

「小元，你為什麼想來當男公關呢？」

「我想賺點錢，見見社會世面。」

「哈哈！」努努抓起盤中最後一片西瓜，狂野的咬下去，「那你想不想要知道我經歷過什麼？」

我點點頭，心想這種深入討論彼此過去的話題甚為罕見。

「你是臺北人嗎？」

「我是。」

「你說想見社會世面，那你有背兩百萬卡債，離鄉背井出外工作的經驗嗎？」努努雙手拍了一下大腿，包覆著黑白斑馬紋褲管的大腿肌肉甩動了起來，「我每天下午兩點起床，去寧夏夜市賣鐵板燒，一路賣到半夜再來這邊喝到天亮，這種生活，你曾經想過嗎？」

我沒有，於是我問他：「那麼，對你來說，過這樣的生活有什麼意義？」

「哈哈哈！」他仰天大笑兩聲，接著轉頭直視我的眼睛，反問我：「那我問你，人生的意義是什麼？」

#6

我的思緒被公司播出的費玉清〈晚安曲〉打斷，又是沒有上檯的一天。我收拾一下東西，哼著〈晚安曲〉走上樓。

走出店門口，突然覺得自己有些不對勁。一般來說，每次碰到這種坐冷板凳一整天的日子，我總是悶悶不樂，彷彿全身被一團黑色漿糊籠罩，連太陽看起來都沒那麼豔麗了，而今天的我，卻為什麼意外的開心呢？

我懂了，因為今天在休息區發呆的我，並沒有被負面情緒輕易的征服，而是思考了不少事情，得到全新的發現！

我坐在公司門口抽起了菸，不久後，阿樂攙扶著醉醺醺的小晴走上來，到路邊攔下一臺計程車。頓時，我覺得剛剛提出的理論架構，好像只是把一堆人給塞了進去，就像阿樂把小晴塞進計程車裡一樣。

第六章

坎：黑暗物質

#1

「……昨天晚上，她答應讓我去她家，進去一看，真是把我嚇了一跳，一個漂漂亮亮的女生，怎麼會住在這種凌亂的小套房呢？我裝作不以為意，把紅酒拿出來，不消片刻兩人都喝醉了，接著再這般那般……」

那間粉紅色的高中剛打完放學鈴聲，頂樓一間三年級的教室裡，所有男學生都還沒有回家的意思。他們圍成一圈，靠得緊緊的，鴉雀無聲專注聽著。

「先有意無意的挑逗她一下，弄得她心癢癢，再跟她說現在很晚了，可不可以讓我在這過夜。接著……」石震鵬意味深長的頓了一下，看了看他面前一雙雙求知若渴的眼神，「她說要先洗個澡，出來後燈一關，兩人同床共枕，摸著摸著事情就成啦！」

「這樣容易？」一個戴著眼鏡的男學生打破了沉默，急忙發問。

「到底要怎麼摸？」一個戴著耳環的男學生也跟著問。

石震鵬的目光故作深沉往旁邊一擺，如果他會抽菸的話，此時一定點上一支，他繼續說：「也沒那麼容易，必須要先在外面培養感情，看電影、吃個飯都好，畢竟沒有人願意搞純粹的一夜情。至於摸的話，」他轉向戴耳環的男生，雙手一攤，「這很難講，你只能從經驗去判斷。」

「她的身材怎樣？」那個戴著耳環的男學生，嘴邊掛著奇怪的笑容追問著。

「這個嘛……」石震鵬眼睛一亮，轉頭看了一下教室一邊正收拾書包的女同學們，確定她們離這裡很遠後，他壓低了聲音，使得旁聽的男生湊得更近了，「我跟你們講，好到難以想像！」他用微弱的嗓音故作誇張的說著，「我也是第一次碰到無法用雙手掌握的奶子，而更重要的是……」他的聲音又更小了些，只剩似蚊鳴聲，「……她在我上面扭得超起勁！讓我覺得好像被……被吸進去了一樣！」

「哈哈哈哈哈！」全體男生爆出了會心一笑。不管他們有沒有切身體驗過那是什麼感受，卻紛紛你看著我、我看著你，笑聲又各自放大了一些。

「石震鵬，你算過你目前的『戰績』嗎？」笑聲漸漸淡了，那戴耳環的男生好似什麼都敢問，想讓自己顯得勇猛些。

石震鵬低下頭來，伸出幾根指頭，非常認真的掐指算了起來，「二十個？二十一個？還是二十二個？」他把頭抬了起來，露出非常苦惱的神情說：「其實我不曉得確切數字，但二十個以上是肯定有的。」

「哦～」全體男生如崇敬鬼神般，一齊發出了讚嘆聲，嘴邊掛著詭異的笑容。

石震鵬坐在他們裡頭，看著他們青澀的臉孔，微微笑了起來。他謙虛的補上一句：「其實我也失敗過很多次，成功率大概只有五成，畢竟，我長得不是非常帥，又不是非常有錢。」他說完便站起身，從人群中走出。

忽然，他好像想起什麼似的，停下腳步轉過頭來，問：「你們聽我講完後，有什麼奇怪的感覺嗎？」

一群男生直搖頭。而帶耳環的男生則說：「我想聽你明天再繼續講。」

他點了點頭，臉上飄過一縷失望的神色。他踏著緩慢的步伐，走下了樓梯，心想：「今天的實驗又沒有結果。」他邊想邊走向校門外那個公車站牌。

「也許，我該宣稱他們真的看不到？還是他們身上根本就沒有？啊，是了，白癡身上根本就不會有。」每十分鐘一班的 299 路線公車到了他的面前，他喃喃自語的走上公車，心情漸漸愉快了起來。他轉而開始回味起剛剛被簇擁著的十分鐘，那時間雖然短暫，又像在百無聊賴中自娛娛人，但他還是讓自己浸淫在優越感中。

石震鵬回到王國的第一件事，就是快步踏過休息養病中的暴君房間，聽著他彷彿永無停息的咳嗽聲，頭也不回的走進自己的房內。接著，他例行性的把背包一放，一屁股坐上椅子，打開電腦。

電腦螢幕的光芒由下往上打在石震鵬尖長的臉上，令他整張臉的後方出現暗影，並使他的瓜子臉發著異樣色彩，活像個瘋狂科學家。

他的電腦螢幕充滿五顏六色的交友頁面與通訊軟體，「登登登」一個通訊軟體視窗發出了聲音，跳出某個女生傳送過來的訊息。

石震鵬笑了出來，立刻打了幾個字回她。

他翻開了一本筆記本，裡頭密密麻麻的寫滿好幾個人的個性、生日、應對措施，有些還標著奇怪的標記。他翻到標題寫著「已達成」的一頁，裡面一樣滿是文字。

粉粉

1990.3.14

前任男朋友有暴力傾向，兩人分手後，心情寂寞，於五月六日主動搭計程車來找我，約會兩次後於五月十四日帶入房間，惜未見黑暗物質，但仍有潛力，有待日後追蹤。

小乖

1980.11.26

熟女。五月二十日初次聊天時就不斷暗示我，該晚我直接到她家裡，她性態度開放，直接坦承想與我發生一夜情。

然而在過程中，她身上卻冒出巨大的黑影，這與過去經驗不符。事後，她哭著對我訴說年華老去的恐慌，我才比較明白原因。

紫葡萄（已放棄）

1996.9.1

逃家少女，以不斷交新男友來尋找住處，現任男朋友以走私槍械維生。我謊稱是有錢公子，互動一陣後就約出見面。

考慮到被持續糾纏的風險性，又有個混黑道的現任男友，害怕招來後患，作罷。

「你現在做什麼？」那女生又傳訊息過來了。

「思考一些複雜的事情。」石震鵬放下筆記本。

「那你跟我應該一樣複雜。」

石震鵬思索了一下，回她：「同樣複雜的人必能共鳴，不妨說來聽聽。」

她很快就回了：「沒有別的，心情不好。而你應該懂。」

「八成有了……」他的笑容更加燦爛了。

他將筆記本再度翻開，翻到標題為「小梅」的一頁，裡頭寫著：

小梅（重點對象）

1992.6.6

剛與她搭話時，她以冷酷的口吻故作灑脫，然施以冷熱交替技巧，約莫一個禮拜後便將我視為信賴對象，時常耗一整個晚上與我瞎聊。

她不斷提到童年的某種陰影，經過我的拼湊，推測應曾遭受父親性侵害，而始終帶著創傷。

此時，小梅的訊息又傳來了：「你在忙嗎？怎麼回得這麼慢？」

石震鵬回她：「我在猜測妳的心。說複雜其實並不複雜，寂寞本身即是複雜，而寂莫如妳，孤獨如我，怎能不相共鳴？」

約過了五分鐘，小梅回了：「你說的對，今晚有空嗎？」

他雙手一拍，站了起來，心臟砰砰跳著。他打開阿梅的網路相簿，將她性感而大膽的照片一張又一張重新看過，然後慌忙打字，順利與她約好見面的地點。

「我今天，又能逼近『它』一點了。」石震鵬看了一下時間，晚上九點，「非常好的時間。」他快速的換上衣服，走向家門，暴君房間傳來：「你有膽今天就不要回來！咳咳咳……」他充耳不聞，匆忙赴約。

「那又怎麼樣？」石震鵬心想，「沒有意外的話，今晚可以睡她家，而如果不成，大不了去睡網咖。」

這是個乍暖還寒的時節，晚上有些冷卻不致使人不適。當他到了阿梅住家附近的便利商店等待時，很快便有個身影走了過來。

那個婀娜多姿的體態，一眼便能認出是小梅。

轉眼間小梅已經帶著小跑步來到他面前，用嬌細的嗓音說：「我跟照片上的樣子差很多嗎？」

石震鵬的眼光快速往她整個身子掃過一遍，她的眼瞼塗上微微閃動的暗紅色眼影，臉上有著一層厚厚的粉，與照片相比之下的確是有些落差。不過，她身上穿的那件緊身白色T恤，將她的胸部與纖腰硬是撐了出來，而再往下看，那件幾乎只遮蔽住腰間至大腿狹小面積的熱褲，使她的翹臀呼之欲出。

看那飢渴的身子，惹人憐愛的神情，石震鵬射出如豺狼般的目光，然後，他動了動嘴巴：「不會，妳本人和照片一樣好看，我們先找個地方坐下來聊聊吧。」

#2

在透著鵝黃色調的小房間中，梳妝檯前盡是少女的化妝用品，散發著淡淡清香；往下一瞧，一堆衣物散落在地上，而在繡著玫瑰花瓣的被褥底下，石震鵬正壓在小梅的身子上方，賣力的前後擺動。衣不蔽體的小梅，低聲的叫著。

衝刺一陣子後，他將小梅的身子整個拉起，再把自己的身子轉過來躺下，換成小梅在上，他在下。然後，石震鵬將雙手伸出，撫摸著小梅胸前奧妙的隆起，再用手指細心逗弄那兩顆透著粉紅色調的凸出。不消三十秒，小梅禁不起挑逗，不自覺的前後扭動她那挺翹而富有彈性的臀部。

晃著晃著，也許是小梅的感覺上來了，她的聲音從小聲嬌喘轉成放聲浪叫，動作更加大了一些。而在下方的石震鵬很有默契的跟上小梅的節奏，雙手托起小梅的臀部，一同激烈了起來。

小梅的整個身子泛起了陣陣潮紅。她渙散的眼神好似臨時想起了什麼事情，吃力的說：「今天這個樣子是你本來就策畫好的嗎？噢！」

石震鵬沒有回答，反而加大動作的幅度，令小梅閉起嘴巴，重新投入到身體的快感之中。

兩人維持這個姿勢，不斷交合，漸漸的，小梅身上透出汗水，流到石震鵬身上，再與他的汗水交雜在一起。

就在石震鵬快達到臨界點時，小梅突然回過神，上氣不接下氣的說：「人家……人家其實根本不想這樣子！」

小梅雖然這樣說著，卻依舊賣力的扭動著她的臀部。

「要來了！」石震鵬興奮的在內心呼喊著。是的，它來了。

在小梅下方持續動作的石震鵬，透過上方打下的鵝黃色微弱光線，看見一團黑影慢慢從小梅身上挪出，有如金蟬脫殼。那團起初如黑色薄紗般的朦朧黑影，現在正隨著雙方身體快感的提升，逐漸吞噬背景，成為一團完整而密不透光的黑色輪廓。

「妳本來就說需要人陪，而且，妳現在也挺享受的，不是嗎？」石震鵬彎起身子，將頭埋入小梅胸前，雙手摟住她的腰，並更加深入了些，繼續搖晃。

「不是這樣的……」小梅又陷入了失神的浪叫當中。

石震鵬聽著這美好的聲音，情緒又更加投入了一點。他覺得自己是個征服者，在新大陸插下印有王國國徽的錦旗，在他上方的小梅像是來自新大陸的賤民，被他盡情蹂躪著，卻又矛盾的享受著。

石震鵬其實相當清楚，他面對眼前這片新大陸，除了發洩性慾、獲得征服感、以及對黑暗物質的好奇之外，絲毫「愛」都沒有。那一切，都是花言巧語、逢場作戲。他明白這一年來所做的一切，都在逼迫自己喪盡天良、竭盡全力作賤他人的感情、玩弄他人的信任。對自認為失去「愛」的他而言，哪怕只有一點點，甚至只是自己一廂情願，他都如此盡力想透過肉體的直接刺激，來搜尋親密感受的吉光片羽。

兩人的動作更加激烈了，小梅趴在他耳邊嬌喘連連。石震鵬明白這一切作為嚴重違背世俗的道德觀，也違背他的良知。即便看著小梅上下扭動的淫蕩屁股，享受著身體上的刺激，他明白他在作賤自己。他放縱得像隻野獸，泯滅人性，他的良知甚至能理智超脫自己的肉身，像個坐在臺下的觀眾，拍著手、點著頭，觀賞自己步往毀滅的道路。

這條路縱然痛苦、縱然無可奈何、縱然賠上自己的人格，石震鵬卻不得不這麼做。

因為，他看見一個帶著詭異笑容、有著他肉身輪廓的黑影，正浮出他的身體。黑影逐漸游移到小梅的黑影身旁，並大口追咬著它，而小梅的黑影則在一陣逃遁後，又悄然回到他的黑影旁。他的黑影毫不客氣的大口咬嚙著小梅的黑影，而小梅的黑影竟沒有絲毫抵抗，就這麼被生吞活剝殆盡，什麼也沒留下。

「不！我不是要這樣做的！這不是我的計畫！」石震鵬恐懼的大聲叫了出來。小梅見狀，喘氣著說：「你怎麼了？」

石震鵬沒回答小梅，上下擺動的動作戛然而止。他對著那團黑暗物質顫抖著大聲說：「你到底是什麼東西？你為什麼出現？你對我們造成了什麼影響？為什麼你有著這些人的臉孔？」

那團黑暗物體，只透著詭異神情，無聲的笑了起來，往他逼近。

石震鵬見狀，一把將小梅推開，匆忙穿起衣服，沒命的朝樓下奔逃。

他就這樣跑著，沒幾秒就跑到巷子口的便利商店。他走了進去，看到白亮亮的光線，試著平復心情，驚魂未定的站在飲料櫃前喘著氣。等了約莫五分鐘，他流著汗，拿起一瓶綠茶，走到櫃檯前結帳，幫他結帳的男店員身上竟也冒出黑影。他揉了揉自己的眼睛，回頭看了背後等著結帳的女客人。

他沒看錯，她的身上也微微透著黑色影子。

#3

深夜時分，燈紅酒綠的林森北路愈夜愈美麗。計程車與小轎車頭尾相連，酒店小姐把美髮沙龍擠得水泄不通，公關少爺們穿著西裝在騎樓下穿梭，向過路的小姐搭訕。

「這裡真是群魔亂舞。」陳穎禮把鴨舌帽的帽簷拉低，轉進一條巷子裡。

這條巷子十分狹窄，約莫只能讓一臺小轎車通過，各式招牌下，不少人無聊的抽著菸。

「老闆，香腸一支。」他在香腸攤前停了下來，三個日本男人操著日語，從他身旁醉醺醺的晃過。

「嘖，原來日本人身上也有，而且和臺灣人身上的一模一樣。」陳穎禮掏出三十元，接過熱呼呼的香腸一口咬下，油汁流過他的嘴角，「那邊的小夥子身上也有，那邊的禮服店小姐身上也頗為強烈，甚至，」他抬頭看了一下香腸攤老闆，「連他身上也有。」

陳穎禮在一間掛著「獨孤求敗」招牌的店門口前停下腳步，拿出一張紙條，對著面前這間店比對了一下，走了進去。

櫃檯小姐們熱烈的迎接他，他向她們報了一個男人的名號，她們便引著他前往某間小包廂。

門被推開了，裡頭的人看樣子剛到不久，桌上的酒才剛倒好，幾個酒店小姐神色清醒的坐在一旁。

「你來了？」沙發上坐著兩個男人，其中一個留著鬍渣，年紀看似五十歲上下的男人向陳穎禮揮了揮手，「來這邊坐下吧，」男人笑了一下，「兒子。」

陳穎禮依言做了。豬渣男將威士忌倒到自己杯中，手法十分俐落，他說：「這些年來，雖然我不在你身邊，但我始終惦記著你。來，像個男人般乾了吧。」

陳穎禮恍惚的看著他爸爸身上冒出陣陣黑煙，跟著拿起酒杯，「鏗」的一聲碰撞後，仰頭一飲而盡。

「這就對了！」他爸爸拍了拍手，「我聽說這些年來你混得很好，不愧是我兒子。」他又替陳穎禮斟了一杯酒，說：「其實你要做什麼，只要心裡有數，我是都不反對的。」

兩人又舉起酒杯，撞了一下，一口清掉杯中物。接著，他爸爸向摟著他的小姐說：「叫幾個進來吧。」

轉眼間，幾個小姐走了進來，站成一長排，有些態度大方，舉止俐落；有些神色扭捏，好像因穿上暴露衣物而相當不自在。

「要哪個，你就點吧。」爸爸說。

兩杯酒下肚，陳穎禮感覺微醺，眼前視線有些歪斜。他定睛一看，前面的幾個小姐，無不散發出陣陣黑煙，將室內搞得烏煙瘴氣。

「我沒興趣。」陳穎禮說。

爸爸眼神閃過一絲慍氣，但又立刻收了起來，說：「那沒關係，我們今天就直接來吧。」他向身旁的小姐吩咐些事情，小姐們一個接一個走出去，連另一個男人也起身離去，空蕩蕩的包廂只剩下他們父子倆。

爸爸遞給他一支菸，為他點燃，說：「自從你媽媽出事後，你還好嗎？」

陳穎禮吸了一口菸，吐出：「我在外面的朋友都很照顧我，不礙事的。」

爸爸點了點頭，說：「我雖然沒有時間照顧你們，但一直以來，你媽媽弄出的事情，都是我在收拾的。」爸爸兀自替兩人斟了些酒，「我知道，你對我充滿著複雜情緒，甚至恨多於愛，對吧？」陳穎禮沒有反應。

爸爸舉起杯子，說：「這次就隨意吧。」兩人淺嘗之後，爸爸轉過頭來，正色瞧著陳穎禮說：「但有時我會想，我不在你身邊，對你來說也不見得是件壞事。」

此時，大門被打開，剛剛出去的男人抱了一堆東西進來，在桌上一一放下。一根菸的時間，桌上便滿目物品。

爸爸說：「最左邊的這個是搖頭丸，藥效很長；再來這一小包草是大麻，藥效比較短，會放大情緒，通常使你心情愉快而不停發笑；這包白色粉末是Ｋ仔，可以混在菸裡抽，也可以直接往鼻子灌；這一瓶泡著白花的水，是會產生幻覺的曼陀蘿花水；然後這是安非他命，那是海洛因，一碰就會上癮，威力非常強……」介紹完了一輪，他爸爸說：「來，你現在要先用哪種？」

陳穎禮沉思了片刻，拿起了桌上那包大麻，說：「你說這會讓心情愉快是吧？」

爸爸點了點頭，說：「其他種類的藥，都能帶來感官上的刺激，但唯有大麻，我認為有最舒坦、最純粹的愉快。」

他轉頭對著陳穎禮打個徵詢意見的眼神。

陳穎禮點了一下頭。爸爸從口袋中拿出一只菸斗，將大麻從塑膠袋中拿出，小心的用手指把草按壓進斗缽當中，說：「等一下你抽的時候，先深吸一大口，」爸爸將塞好的菸斗，遞給陳穎禮，「在肚子悶著不要吐氣，等真的沒氣時再吐出，跟抽菸截然不同。」

陳穎禮伸手接過，拿出打火機朝斗缽點燃大麻，再對著斗嘴深吸一口。

「等用過後，你就算是『見過世面』了。」爸爸說。

陳穎禮抱著頭，不發一語的悶著氣，用力感受著大麻的效果。他的視線本來就因為喝了幾杯威士忌而有些渙散，連肚子都熱辣辣的。兩分鐘過後，他「哈」的一口氣將空氣盡數吐出。

他轉頭看爸爸，說：「為什麼你長久以來避不見面，現在又要帶我來見世面？」

爸爸沒有立刻答話，嘴角歪斜了一下，然後慢慢的說：「簡單講，就是逃避。」他轉過頭來，臉旁的肌肉不斷抽動，「我只撿便宜柿子，來盡我父親的責任。」

陳穎禮看著爸爸的臉角，每講一個字就抽動一下，抽動之處竟好似破了一個又一個大洞，「波、波、波」的冒出黑煙。他看著黑煙往天花板上竄，腦袋瓜往後靠了一些，突然間竟覺得好像有個大鐵塊在頭頂後方，沉甸甸的拖著他往下墜，他感覺突然撞上一團軟綿綿的物體，全然給吸了進去，依判斷是沙發靠背。這段下墜的距離，好像有數十公尺之遠。

他爸爸喝了一杯酒，露出嚴肅而愁苦的神色說：「我的兒子，對不起。」

陳穎禮轉過頭來，一雙眸子轉也不轉的望著他爸爸的臉，卻怎樣也無法聚焦，最後索性隨著視線的輪轉而隨意晃動。迷惘之間，他忽然忘了爸爸與他說的上句話為何，只記得是非常重要，必須回應的話。可是，當他轉頭看著爸爸嚴肅的臉孔，居然爛巴巴的不斷冒出黑煙，怎麼看都像黑色幽默電影出現的場景。於是，他不自覺的笑了出來。

一個回神，他的理智告訴他這是非常不禮貌的行為，所以他想側過臉，不讓爸爸看見他的笑容。而當他試著轉頭，卻像駕馭大卡車般難以起步，當好不容易車子發動了，目地地也到了，卻一個剎車不及，又把腦袋歪到另一側去了。

他突然想起爸爸適才說的話，是什麼「撿便宜柿子」來著。

瞬間，一幅畫面浮現——他爸爸滿臉鬍渣，像個賢妻良母，穿著居家圍裙，頭戴防塵頭巾，到水果攤買柿子，而且斤斤計較的與老闆殺價。

「哈哈哈哈哈哈，撿柿子！而且還撿便宜的柿子！」

陳穎禮再也忍受不住，大聲笑了出來，他覺得自己在詭異的暗角與混濁的池水中打滾。冥冥之中，他好似聽見了「祝你十八歲生日快樂」、「有困難再回來找爸爸」的話。他奮力抬頭看著他爸爸，發現那團黑煙不知跑哪兒去，事實上，他已經無從分辨虛幻的黑煙和真實的父親了。

#4

黑暗物質，一種人人都擁有，大多數人卻看不見、摸不著，彷彿有著自己生命的神祕物質。它源自人的內心，呈現內心最深層而不願面對的陰影，它蠶食你對人的信任、鯨吞你對人的關愛，而當你拚了命想擺脫，卻只會讓它力量更大。

起初，我認為它根源於父親與兒子之間某種「陽剛」的支配意識：父親既期盼兒子超越自己，卻又矛盾的害怕自己的權威遭到剝奪。而兒子接受父親的意識形態，拚命以『弒父』作為人生標的，卻又活在永無止盡的「閹割恐懼」中。

經過我的測試及實驗，我發現黑暗物質無所不在，儼然抽離了「父」與「子」之間單純的範疇，而是全人類共有的，我從女性身上也發現黑暗物質便可得到證實。

至於出現在女性身上的原因為何，尚待研究。

此外，即便大家深受其害，卻渾然不覺，因此我研判它已經脫離人類意識，形成了一個抽象而巨大的存在，反過來控制了人類……

石震鵬吐了一口長氣，擱下筆，走出小房間。

這是一個有著夕陽淡淡餘暉的傍晚，橙色光輝斜斜貼在地板上。暴君早就進了醫院，妃子則去探病，王國內寂然一片。

石震鵬踱步到了客廳。他本來絕不在這個時間踏入此地的，如今他望著暴君桌上一套擺放整齊的木質茶具，竟生出了一絲傷感。

「我不是老早就盼望這一天嗎？」他坐上暴君的沙發，拿起遙控器打開電視，左轉右轉，卻沒有一個頻道能引起他的興趣。於是，他萌生出門走走的念頭。但當他走到玄關時，想到外頭人們內心種種陰暗幽微將一絲不漏展露在他面前，他遲疑了。

他走回房間，打算提筆繼續往下寫，卻只看著「反過來控制了人類」這個無比悲傷的結論，遲遲不知如何下筆。

他將頭抬了個老高，望著天花板自我神傷。他想證明自己未與他人不同，只是剛好看得到黑暗物質。

「為什麼唯獨我？」他不願承認自己瘋了，曾經試著往靈性或是超自然現象鑽研，然而他講究邏輯實證的腦袋，打從心底否決怪力亂神的說法。

從他確切發現黑暗物質存在，算一算已經兩年了。他的研究沒有結果，而且苦無分享與討論的對象。他像曲高和寡的智者，又像無人關愛的遺腹子。

一滴孤獨的眼淚劃過他的臉旁，他開始把人生倒推回去：暴君已經倒下了，剩他一個人與黑暗物質奮戰……沒有感情的瘋狂性愛、小錦的離去，最後是國中時坐在大榕樹下始終得不到認同的自己。

他的心抽動了一下，好似感應到什麼，他「啪」的一聲拋下筆，衝出了房門。

「不會錯的，我不會忘記的……」他騎著機車，先是沿著車站前面的服飾批發市場兜了一圈，再轉向那條有古老歷史的家具街，接著又在一條曾經是臭水溝的大馬路左轉，待碰到高架橋匝道，再順著橋墩下方的路走，來到了夜市旁的堤外便道。

「那天他們倆打完架後，我確實感受了到那微妙的共鳴……」那條路是窄窄的兩線道，車水馬龍，路途又拐來彎去的非常危險。某種令人堅信不移的直覺，導引他到他想去的地方。

他穿過一個水門停好車，面前這處河堤，本來散發著劇烈惡臭，滿是泥濘，除了校園流氓打架鬧事，或是年節時分有人在此放鞭炮之外，根本不會有人靠近。而如今因為河道整治有成，河堤旁又規劃了自行車道，嬉戲遊玩的民眾便多了起來。

他帶著滿滿自信，依循著震動的頻率，無視身旁人們散發的陣陣黑影，直直的來到一個坐在河堤階梯上的寬大背影後方。而那人也感受到石震鵬的到來，緩慢的轉過頭來，分毫不差的與他的眼神對上。

「好久不見了。」那人說。

石震鵬在他身旁坐了下來，說：「四年不見了，你還好嗎？」

那是陳穎禮。

「如果你覺得好，我就覺得好。反之亦然。」

石震鵬會心一笑，兩人不再交談。

他們肩並肩的看著濁黃色河水，聽著一旁的嬉戲聲，縱然心裡都藏了千言萬語，恨不得脫口而出，一時之間卻又不知該如何精煉詞彙好完整表達。

轉眼間，餘暉緩緩落下，遊客漸漸散去。陳穎禮忽然轉過頭來問：「你覺得那是什麼？」

石震鵬將他研究黑暗物質的結論告訴陳穎禮。

陳穎禮點了點頭，說：「雖然有些名詞我不懂，父與子那段與我的經歷也不盡相同，但是，關於『支配意識』，我的看法大致與你差不多。然而，我比較想知道今後怎麼辦？」

「坦白講，我也不知道。」石震鵬在地上拾起了一塊石子，拋上拋下的把玩，「既然這個現象大家都有，只是渾然不覺，我們一定有辦法用很有條理的方式說出來，讓大家意識到問題。」

「哈哈，我是個粗人，沒有你那麼聰明的腦袋。」陳穎禮轉過頭來，正經的說，「我的想法是，何不用直接與它面對？換句話說，就是鍛練自己，一種眾人皆醉我獨醒的心態。」

「我何嘗不也是如此？」石震鵬將手中的石子往水裡一拋，濺起了水花，「你知道嗎，當初歐洲日心說的擁護者布魯諾，因為違背基督教支持的地心說，被視為異端邪說，活活燒死。時至今日，證明地球確實繞著太陽轉。我們不出來當布魯諾，還有誰能？」

「非得影響眾人嗎？」陳穎禮點起了一根菸，頓了一下說，「我當年靠著一雙肉掌，一路打到榕樹下老大的位子，夠有說服力了吧？」他吐出一口煙，「然而我很清楚，即便擁有那個呼風喚雨的位置，還是改變不了他們的……」

「他們的什麼？」石震鵬問。

「他們的心。」陳穎禮的右手指著他的心窩處，「他們根本不會思考，只懂得盲從，即便他們相信你的道理，卻不是切身的信服，最多只能說是壓抑住那堆黑影罷了，這不是徹底的改變。」他將手放下來，「所以，我放棄了那個沒有意義又教人痛苦的位置。」

「那不一樣，」石震鵬反駁他，「那個環境本來就是靠暴力支持下去的，而我現在要講的重點在於理性與邏輯思辨，是跟人說道理的。」

「那有什麼不同呢？說道理的環境還不是在競賽，比誰的書念得好，比誰的地位高，甚至比誰的勢力大。」陳穎禮吸了一口菸瞬間吐出，「說穿了，比誰能夠壓過誰，而那正是黑暗物質孳生的溫床。」

石震鵬思索了一下，雙手一攤，說：「我還是相信這世界存在著能夠認清事實的人。」

「哈哈哈！那當然，我也相信，只是上哪兒找呢？我們的證據是什麼呢？」陳穎禮心酸的問。

「那……」石震鵬雙手直抓頭皮，煩惱了起來，「到底該如何是好？」

兩人又陷入一陣沉默。

陳穎禮將手伸進口袋，「從你出現之後，我在想，」他從口袋掏出一個透明小塑膠袋，裡面裝著小小的一球草，「如果我們真的找到夥伴了，然後找個地方隱居起來繁衍後代，這樣會如何呢？」他低頭拿出一根菸，把前端的菸草用手指擠出來，再捏出一點透明塑膠袋內的草，細心放入。

石震鵬沉思片刻，說：「我覺得我做不到！」他將頭垂了下去，「講白了，我沒有勇氣脫離這個時代給我們的美好與便利，要吃飯，花點錢就有一桌佳餚；要上網，到處可以連結；想找朋友，一通電話就能約出來；想要約會，路上這麼多漂亮女生，說到底……」石震鵬的十指把他頭皮抓得更緊了，「我還是想活在這個社會中。」

「我剛剛也只是天馬行空胡亂想，你別太放在心上。」陳穎禮遞給他一支軟軟爛爛的香菸，「你先用了這東西再說。」

「這是什麼？」

「大麻。」陳穎禮看著石震鵬一笑，「抽了之後你會暫時分不清那些黑暗物質。」

石震鵬顫抖接過大麻，他未曾抽過菸，更沒想過直接挑戰大麻，但他還是學起陳穎禮抽菸的樣子，深深的吸了一大口，約過了五秒鐘，「咳咳咳！這東西……」他被嗆得連眼淚都噴出來了。

「哈哈哈，」陳穎禮笑著雙手一拍，「被嗆到，準盡數進到你肺裡去啦，好好享受吧！」

「咳咳……」石震鵬的咳嗽還沒終止，每當他咳一下，他就覺得腦袋重了一點，身體輕了一點，視線變得矇矓。他的腦袋好像憑空從他的脖子飛起，微微的往右側轉動，但回過神來卻又發現自己未曾動過。

「其實有時我會想，」陳穎禮替自己包上一支，也抽了起來，「如果我的心產生變化，萌生出新的想法，會不會我什麼都不講，別人的心裡也會出現細微變化呢？」

他吸了一口，在肺裡悶上三分種，大口吐出後繼續說：「就跟我們剛剛沒說話坐在一起卻能心領神會一樣。」

石震鵬在心中苦苦思考，只覺得陳穎禮說的每個字七零八落的，成了一個又一個立體文字積木，可以任意挪動位置，他把最尾端的積木挪到最前頭，在把中間的挪到尾端，不禁張口大笑了起來。

陳穎禮轉過頭來，兩人相視而笑。笑著笑著，石震鵬感到一陣暈眩，吃力的站起歪斜的身子說：「我想去走走，試試是否分不清那些黑暗物質。」

夕陽已經完全沉入地底下，取而代之的是河邊涼爽的微風。他們搖搖晃晃的一路笑著向前走，走上一座閃著霓虹光芒、橫越河流的紅色行人專用橋。

橋上，情侶們勾肩搭背的望著遠方，媽媽帶著小孩嬉戲。石震鵬蹦蹦跳跳的來到正中央，朝別人東張西望，無視旁人的大聲說：「還真的什麼都分不清了！他們全身一片糊狀，什麼都看不清楚！」

陳穎禮聽言，帶著傻笑，搖頭晃腦的跟著走了上來。

他們望著前方，前面不遠的白光閃爍處是從小吃到大的夜市，再遠一點，明亮大樓下方的陰暗處是種著大榕樹的國中。石震鵬的家在國中東方，陳穎禮的則在西方。

時間更晚了，橋上行人紛紛離去。陳穎禮看著橋下的河流，突然大聲說：「你看，水平面是不是上升了？」

石震鵬湊了過去，揉揉眼睛，說：「對，但是那好像不是水，完全沒有液體的流動感，反而像是……一團流質的黑暗物質？」

轉眼間，他們兩人感到腳底一陣搖晃，橋面好像灌了水的塑膠墊，軟綿綿的讓人站不住腳，而定睛一瞧，整座橋上至橋梁下至橋墩，竟像隻大蚯蚓蠕動般，呈現詭異的圓弧狀，左搖右晃了起來。橋墩上原本在夜色中有些暗淡的紅色油漆，如今發出鮮紅光芒，在一片漆黑中閃耀。

一個蓄著長髮的身影，緩緩的從橋的另一端走來，

「小梅？校花？還是小錦？」石震鵬向那人發問。

那女子又走近了，她穿著一襲紅袍，不論長相與身材，都神似石震鵬猜測的三人。

「看得見黑暗物質的兩人啊！」那女子走到他們面前，身上微微透著黑暗物質，卻妥貼的與她的肉身輪廓緊緊相依，就像一個人站在大白幕前，由近距離的正向光線打出的影子一般。

石震鵬看看陳穎禮，想確認大麻的效果是否如此厲害，陳穎禮卻也瞠目結舌說不出話。

那女子一把撩起她的裙子，露出一絲不掛的下半身。接著，她將她十隻玉筍般的手指往下體一捏再一拉，兩瓣如大薄餅般的皮膚竟從她下體延伸而出，直飛向石震鵬和陳穎禮，將他們籠罩住，然後那兩瓣東西瞬間黏合，將他們兩人包住，緊緊的收了回去。

第七章

自我與情緒勞動

#1

我拖著顢頇的步伐，意識模糊的將整個屁股栽進休息區沙發。

剛剛那桌是秉儒大班的客人，她們個個年輕而有活力，一上桌就要混酒玩「七加八減九」——輪流丟兩顆骰子，骰到七的自由加酒（加到滿也可以）；八的自由減酒（根本沒人會減），九的整杯喝掉——可怕的遊戲。

很不幸的，我連續兩輪骰到九，狠狠灌下兩大杯起碼一公升的啤酒套威士忌。秉儒大班看我已經快不行了，便拍拍的我肩，要我去休息區歇一會兒。

我的腦袋天旋地轉著，不知不覺把整個身子橫躺在沙發上。

不倒還好，一倒便不可收拾，好像忽然搭上一班雲霄飛車，身體一下左一下右，連胃部也跟著擺動起來。

我快步奔向廁所，整個人趴在拖把槽前，低頭一看，裡頭黃黃綠綠的穢物發出陣陣酸臭味，更加速噁心發酵。

「嘩啦」一聲，我將熱辣辣的酒精混和著胃酸盡數噴到水槽中。

突然，後面有個人將我肩膀挪開，我轉過頭去，是組上的經理阿沁。他的樣子非常不妙，本來就很大的眼袋，現在簡直快裝不住那兩顆圓滾滾的眼珠了。

我把位子讓給他，轉身去洗手檯漱口，背後立刻傳來一連串的「咕嘔」和「啊噁」聲。這相當正常，因為他剛剛為了場面效果，硬是喝下兩大杯混酒。

他解決後，走到我一旁，看起來比剛剛清醒多了，他說：「等一下你還要回檯嗎？」

我搖搖手說：「不了，再回去會死掉。」

他點點頭說：「那你休息吧，我要回去。」

「你要回去？」

他笑了一下，隨即露出「你這個廢物」的表情，說：「那當然，我這麼敬業！」

在上個禮拜，也就是我在「鑽石」工作一個月整的時候，公司叫我做出下組的決定。這也表示，我再也不是放牛吃草的「行政組」小公關，而要正式成為「鑽石」的一員了。

「鑽石」為了提升競爭力和管理效率，總共分成三個組，每個組由一名「大班」擔任組長，每個月公司會統計各組帶桌數量，冠軍組可以擁有小包廂的使用權。

「鑽石」各組的風氣不同，「大寶組」由大寶帶領，風格比較老派，我不太喜歡；「傑哥組」據說是由另一家店集體跳槽過來的，他們總是一小群人聚在一塊，我與他們不熟。所以，我和小翔決定加入「秉儒組」。

來自花蓮的秉儒到台北念書後，深覺讀書用處不大，便隻身來到「鑽石」工作。據說當時他連房子都租不起，過著下班睡店裡，睡醒發名片的生活。而今天的他，已經成功擁有許多客人，並成為公司最年輕的管理階層。在我心中，他的性格溫暖、沒有架子，任何問題都不吝回答，是個讓人敬佩的人。

「秉儒組」的成員與客人都比較年輕，我在相處上沒問題，話題也比較接近。微妙的是，當初我對這些事情一無所知，只懂得在休息區四處找人「請益」閒聊時，已經不知不覺與「秉儒組」的人走得比較近了。

也許，這就是人與人之間一種微妙的紐帶吧。

下組的第一天，秉儒把大家叫到小包廂，舉行歡迎新人儀式。儀式進行得很快，簡單的成員介紹後就結束了，最後，秉儒說：「相信大家會選擇加入秉儒組，是看上我們某些特質，是的，我們不耍小手段，也不讓大家吃虧，以互相幫助為原則，盡量讓每個人都有檯上。」

然後，鬼鬼在一旁笑著說：「現在好啦，多了兩個人來搶我的檯。」

從此以後，我感覺到一陣劇烈的變化，過去幾個不曾有機會相處的經理以上公關，現在因為組的親密連帶關係，會主動與我攀談。本來，平均每三個晚上就會有一天連一檯都沒得坐，現在則幾乎天天有得忙，甚至有時組上客人一多，一天還會超過兩檯。

此外，組上每週固定進包廂開會兩次，內容大多為互相加油打氣、不斷強調組上年輕特質，以及與別組的不同。

那正是一種休戚與共的感受，我們對內團結，對外則在競爭之中帶有些微同仇敵愾的情緒。

想著想著，我睡著了。不知過了多久，阿沁把我搖醒，說下班時間到了。我搖搖晃晃的站起來，感覺頭有些疼。我伸個懶腰，看了一下周圍，小翔大概自己先走了，秉儒大班則還坐在原桌。

我想跟他說聲再見，走到他們桌前，卻看見客人早已離開，桌面上擺著一瓶未喝完的威士忌，而他和魏希正激烈的划著拳。

魏希的酒量號稱全店最好，拳也厲害，就靠著這兩樣過人技藝吃飯。秉儒大班身為老江湖，拳技當然不在話下。只是，此時見他面皮已紅得厲害，不知為何遲遲不走，還賴著要划拳。我和他說我要先走了，他揮揮手，神智不清的說：「好，那……那……明天見。」

我不放心，所以留下來觀戰，瞧他們倆幾把過去，秉儒輸多勝少，桌上那半瓶威士忌大半杯都進到他胃裡頭，喝到連話都快說不清了。

終於，酒喝光了，人也醉倒了。我和魏希一人一邊，將他的手臂攀上肩頭，拐著步履上樓走出店門。

「你們經常這樣玩嗎？」在路上，我好奇的問魏希。

「對，秉儒需要酒，而我就陪他。」

一大堆問號在我腦袋上空盤旋著，都已經喝一整晚了，難道還不夠嗎？我問魏希：「為什麼要這樣做？」

「為什麼？壓力大啊！」

隨後，魏希在路邊攔了輛計程車，帶著秉儒離開了。

#2

我要先介紹一個重要的名詞「情緒勞動」（emotional labor），以方便接下來的陳述。情緒勞動的概念由美國學者 Hochschild 提出，他表示，人類的勞動，除了付出身體的體能之外，到了現在這個服務業抬頭的年代，其中還多了許多「情緒的營造」。

Hochschild 觀察女性空服員，發現她們從公司的培訓到真正進入職場，最重要的任務不是送餐點之類的體力服務，而是帶給客人微笑，減低乘客在飛機上的不安感，營造出賓至如歸的感受。而這種情緒性的工作目標，就稱為「情緒勞動」。

試著想像當我們走進麥當勞，店員總是對我們大聲問好，然後掛著微笑接受點餐。某家知名涮涮鍋，服務生會向客人鞠躬致敬。路邊的廣告看板，只要是服務業，十之八九會拍攝員工穿著制服，帶著溫暖笑容的照片。

如果一個店家服務怠慢了，客人們會做出批評。你可以逛一下各大知名的美食評論網站，會發現網友們除了探討食物的品質外，還有更多部分在討論店家的服務態度。好多網友因為店員服務態度不佳，直接將該店家稱為「黑店」。也有某些小吃店本身食物普普通通，但老闆娘如「媽媽」般的溫暖性格，卻讓不少客人念念不忘。

我們早已習慣將情緒勞動加入服務業所提供的服務範疇之中，而「情緒勞動」也早已充斥在我們生活周遭。

另外，情緒勞動本身是非常「性別化」的。Hochschild 實際搭飛機觀察空服員工作，發現女性空服員同時被賦予兩種特質——「性感尤物」與善解人意的「母愛」形象。也因此，女性空服員相當容易受到男性客人性騷擾，而這個時候，她們必須求助於男性空服員，因為當男性出場時，一種莫名的權威會瞬間降臨，使客人不敢太超過。

但男女空服員的位階其實是一樣的，所以才有男性空服員表示：「他也不知道為什麼自己要處理這樣的事。」

所以Hochschild說，男空服員與女空服員，其實是兩個完全不同的工作。

我們再從Hochschild提出的三個情緒勞動共同點來看看：①需要面對面或聲音對聲音與公眾接觸；②需要工作人員去製造情緒狀態，例如，害怕與感激；③允許僱主透過訓練及監督的方式，來對員工的情緒活動進行某種程度的控制。

男公關們每天面對面與客人們互動，並製造某種情緒。顯然，這是一份情緒勞動的工作。

基於「性別化」的考量，恩恩與浩仔，一個陰柔、一個陽剛，兩人在工作技巧上有極大不同。因此我認為，這性別化不只限定在男女之間，也會連同男性氣質內部的不同而變化。

也許一般社會對男公關的認知是「出賣自己的肉體」，或者是「欺騙他人的感情」，並投射出許多不良印象。我認為這兩個情況確實都會出現，但卻不是男公關最重要的工作。

「鑽石」有一個非常奇怪的術語，叫做「話術」，意思是——靠著一些話語來說服別人，達到自己的目的，而通常他會昧著良心，或與話語現實狀況不符。例如說：「我現在業績不好，可不可以來幫我一下？」是話術中最常見的一種，好比恩恩明明就已經是店裡的紅牌，可說是最不缺業績的人，仍會靠著這種話術讓客人進來。

還記得阿樂和小晴嗎？事實上，阿樂並不是真的喜歡小晴，但仍必須裝作很關心她、在乎她，甚至還用「老公」、「老婆」互稱。阿樂還曾經和小晴吵過架，有時候完全順客人的意，反而得不到自己要的，有不少男公關在席上簡直霸道得像個老爺子，讓人分不清誰是公關、誰是客人，但客人就是死心塌地的買單。總歸一句，他們都是玩弄此類「情緒勞動」的箇中高手。

這件事看在我們一群男公關眼裡，我們會說：「小晴被阿樂話術進來了」、「阿樂真是話術高手」。

話術有另外一個時機出現在「要單」上。當客人來店裡消費後，可以選擇付現金或著簽單。簽單即賒帳，由主桌於一個禮拜內自行追討，這樣的行為稱作要單。如果一個禮拜內要不回來，會從下一週的薪水扣除該筆帳的百分之二十，扣光為止。

要單制度的存在，等同於讓公關背負評估客人的風險。

單子要不回來是時常發生的事。很多公關坐在休息區輪流抱怨自己欠了公司多少錢、還有多少張單要不回來。這個時候話術又派上用場了。「要單」不可能在上班時間混亂的氣氛下發生，大多是公關於下班時間，跟客人約出來後討錢。一般的情況是兩人出來約會，彼此開心之後，公關說：「我已經欠了公司不少錢，可不可以盡快把錢給我？」更厚臉皮的可以說：「我準備要離職了，必須先把錢還清。」

不過，我們無法判斷話術到底是不是純然欺騙他人，當我們看到店裡業績最好的恩恩，他以業績不夠當作話術時，也許他「真的」覺得業績達不到桌數王，需要更多業績，而「真心」的覺得需要客人支持。對阿樂來說，也許他「真的」對小晴不來捧自己的場感到惱怒，而發自內心的生氣。

這是否表示，如果「話術」起初作為一種謊言，但久了之後，連自己也被自己「話術」說服了呢？而且，是否這樣「合理化」自己的作法，才是降低自己的罪惡感，讓自己更舒適，走得更遠的方式呢？

因此我大膽的推測，「話術」不只在說服客人，也在不斷說服自己，同時建構著男公關的自我。

雖然在我進入「鑽石」前，就已經聽過話術這個詞彙，但遠遠低於在「鑽石」內的使用、聽聞。

話術的普及性，已經擴及到以酒店小姐為大多數客人的「八大行業」，客人更時常戲稱：「你該不會在話術我吧！」同事開發到一個新客人，會高興的說：「我話術到一個客人。」甚至男公關間會開玩笑的說：「你話術我喔！」把話術當成動詞——指稱彼此之間的不真誠。

如果要問男公關這份工作的核心是什麼，「話術」揭示了如何欺騙他人、以及自己來達到目的。同時，從話術的普遍使用程度也可以推論，其實大家都知道在這裡工作不過是虛情假意，所以你「話術」我、我「話術」你，一切都沒什麼大不了，被話術到的只好自認倒楣。

「說服自己、話術客人、建構自我」是男公關周而復始、每日每夜都要面臨的問題。正如同鬼鬼，他就曾經用「現實」朋友來指稱他的高中同學，對應於「鑽石」店裡的「虛假」。

另外，我們對男公關的第一印象，很自然會聯想到「性」。

事實上，「性」的使用方式和「話術」有著許多相似之處，都是一種要時時省思與判斷的「籌碼」，並且在男公關與客人的互動裡起著相當微妙的作用。

先說個故事吧。

某天，我在二店坐檯，與客人聊得正開心，忽然一名叫美美的公關走了進來，並坐到我身旁，插進我們的話題。當那個客人得知他的身分，她驚呼：「原來你就是美美！」

美美笑著說：「哦？我這麼有名嗎？」

「那當然，」客人說，「你的名字整條街都知道。」

「我有名在哪？因為很帥嗎？還是很幽默？」

「嗯，這個嘛……」忽然間，客人吞吞吐吐起來了。經過美美窮追不捨的逼問，她終於說：「我聽說，我聽說……你是個『砲FI』……」

「你聽誰胡扯？」美美臉色大變，「我從來沒當過『砲FI』，那是我當年業績太好，很多別家店的男公關為了破壞我的形象，才捏造出來的。妳怎麼會相信這種事情？」

那客人有些緊張的說：「可是……我的好朋友說，她跟你上過床。」

「是誰？告訴我名字，我跟妳解釋。」

接下來，客人一個又一個搬出名號，美美一個接一個反駁。我覺得這話題私密性太高，在一旁聽著不太禮貌，就悄悄離開了。

「砲FI」這名稱奇怪透頂，一般來說，是個負面的名詞，表示某名男公關靠著肉體關係抓住客人，不太光明。

但事實上，絕大多數的「戀愛咖」男公關們，都會與客人發展到近乎男女朋友的關係，住彼此的家，所有男女朋友之間該做的事都做了。此時，我們又會覺得這件事天經地義，稱不上「砲FI」。

還有一次，店裡面冷清到一個客人都沒有，組上包括幹部在內的所有公關，通通聚到休息區圍成一圈，起勁的聊著天。

一群男性聚在一起，什麼難聽的笑話都講得出來。席上幾乎都是阿沁在滔滔不絕，他談起他與某個客人之間的故事：「……那次她一到店裡，我就覺得她的眼神不太對勁，好像一直在挑逗我……後來還真的咧！她牽著我的手要跟她進廁所，幹！我才不要在店裡跟她搞四腳獸咧！」

眾人一陣大笑，襄理柚子插嘴說：「說到四腳獸，我記得阿修還在一店的時候，有次他直接跟客人去男廁互搞，我在旁邊尿尿都不知該不該拆穿他。」

「我還沒講完！」阿沁站了起來，繼續說，「後來客人要走，拉著我送她回家，我心想不要，但她長得實在不錯，秉儒你還記得她嗎？（秉儒點點頭）結果，一到她家樓下，她死都要把我拉上去。好吧，我跟她上了樓，但我不知道她的來歷，怕一跟她做了後名聲爛掉，又希望她之後能來開我桌，所以一躺上床我就裝睡，希望起碼讓她知道我的誠意，結果呢？」

「結果呢？」眾人雙眼閃爍。

「她竟然把我褲子脫下來，一口把我下面塞進嘴裡，看她是有多飢渴！結果我當然也忍不住啦，立馬撲了上去，哈哈哈！」

事後，我好奇的向阿沁問起這件事：「到底和客人發生關係是好還是壞？」

「沒辦法這樣分。」他說，「有些客人一臉飢渴，你直接給了她，那麼她得到她要的，結果就是換新菜色。所以你要自己判斷，誰可以給，誰不能給，如果都給，那就是『砲FI』，酒店小姐之間傳得很快，你就準備看著客人通通跑掉吧！」

「可是你又為什麼要跟大家講這件事？」

「笨蛋！」他詼諧的取笑我，「因為，她很正啊！」

這一切真是複雜。由此可知，不管是「話術」或是「性」，它的使用時機、道德標準、和可能引起的種種自我質疑，都是男公關必須取捨與面對的。

#3

某天，剛上班沒多久，我在休息區坐著，突然聽到一個聲音呼喚我。

「小元，我們來喊拳。」

轉頭一看，是組上的裏理柚子。

柚子是個反應靈敏，講話富有黑色幽默的人。他默默的向少爺拿出客人寄放的酒，在桌上放好，擺出要和我作戰的樣子。這相當奇怪，他平常總是在檯上忙裡忙外，甚少在休息區出沒。

「這樣把客人的酒喝掉好嗎？」我擔心的問著。

「沒關係，先喊上幾個再說。」

一個老鳥碰到我這個菜鳥，結果可想而知，連客人都還沒來，我就先暈了。

「只會出髒拳，老屁股了不起喔？」我開玩笑的說。

柚子意猶未盡的和我繼續喊上幾輪，直到我揮手喊停。

「好，投降就不欺負你了。」

他將酒收了回去，坐到我一旁與我聊了起來。

「柚子，昨天你怎麼沒來上班？」

「昨天？喔，小羊買我出場，叫我去她家陪她。」小羊是柚子在店裡認識的女朋友客人，「她說她家有奇怪的東西，她會害怕。」

「啥？這是我聽過最怪的買出場理由。」

「我也覺得很怪啊，昨天在她家裡，我自己也覺得渾身不對勁。」

聊著聊著，我們話題一轉，開始分享起彼此經歷過的鬼故事。我看著四周，只見所有人都上檯了，而身為襄理的柚子，竟然和我這個小公關坐在休息區。

「柚子，你今天沒有檯嗎？」

突然，他露出一絲愁苦的神色說：「最近整個人沒有一絲幹勁，客人都跑光啦。」他低斜著眼神，「先別提這個了，我們來用手機下象棋。」

好吧，反正我閒來無事，多一個講話好笑的襄理陪我打發時間也不賴。下著下著，突然抬頭看見秉儒雙手抱胸，站在我們前面。

「柚子，你要這樣下去到什麼時候？」

柚子沒有答話，低著頭，半分鐘後才說：「最近累了，不知道這份工作還可以持續多久？」

「小羊呢？打電話叫她來啊。」

「她跟我一樣，不想在八大行業混了。人都乾成這樣❶，怎麼來？」

秉儒走向小包廂，揮手示意柚子和他一同進去。看來，兩人是要好好談一談。

沒想到，他們倆一走，氣氛才剛冷清下來，立刻從店門外傳來一陣喧囂，阿沁笑著跌將進店裡。緊接著，他的客人蔣蔣從門外走進，笑著扶起阿沁，兩人一邊打鬧一邊往旁邊的桌子坐上去。

蔣蔣我也認識，我走過去向他們打招呼，然後用力拍了一下阿沁的背部，說：「歡迎光臨！」

他轉過頭來，吐出滿嘴酒氣，說：「歡迎你媽咧！我現在超醉的。今天晚上蔣蔣一通電話來，說想去夜店玩，誰知道就喝成這樣！」接著，他竟然整個人趴在地上打滾了起來。

蔣蔣笑著將他扶起，點了我上檯去坐。

過沒多久，秉儒和柚子不知不覺也坐上桌，嚷著要玩七加八減九。遊戲之間，大家很有默契的按照過去習慣的劇碼走，我負責倒酒，秉儒負責主持，柚子負責講冷笑話。至於阿沁，則是被大家輪流陷害的丑角。

幾輪過去，阿沁又喝了不少。這把他又輸了，只見他用一隻肉掌直接往冰桶裡抓冰塊，盡數塞入公杯中，再握緊拳頭往下一敲，把整個公杯填得沒有一絲縫隙。然後，他抓著杯子站了起來。

「哦！阿沁的招牌技又來了！」蔣蔣大聲叫著。

「喝啊！喝啊！」眾人為阿沁喝采著。

他將杯子舉個老高，咕嚕咕嚕的三秒鐘解決起碼有三百毫升的威士忌，然後睜著眼睛，「咕咚」一聲坐下發愣，旁邊眾人則掛著笑容拍手叫好。

「很好笑嗎？」

突然，阿沁冷冷的說著。大家一愣，全都靜了下來。

「我他媽幹你娘的很好笑是不是啦？」他猛然站起，睜著可怕的銅鈴大眼，「你們當我一輩子的丑角，以為被灌酒的人心裡很爽嗎？」

---

❶ 指客人沒錢了。

秉儒立刻站起，扶著他的肩膀，湊到他耳邊說幾句話。然而阿沁卻不理會，繼續大聲罵著髒話，別桌的客人紛紛轉過頭來看著，整間店的氣氛變得甚為詭譎。

他就這樣「我操你媽」、「幹你娘咧雞巴」胡亂罵著，罵到勝哥、瑋瑋、乃至於圍事強仔全都湊過來，圍繞在阿沁身旁好聲相勸。

幾分鐘過去，阿沁冷靜下來了，轉為低聲嗚咽，說他：「你們大家都笑說我是外星人，我也想轉型啊！」

勝哥搭著他的肩，小聲說著：「好了，你先回去吧。」然後與他一同往店門外走去。

#4

下班後，這個場景一直在我腦中盤旋不去。

從秉儒借酒澆愁，到柚子悶悶不樂，還有阿沁暴走，都是男公關的常態。我總覺得，每個男公關身邊都圍繞著一堵厚厚的高牆，小心防衛著脆弱的心靈。

為什麼會這樣呢？

我想，這就得回歸到男公關勞動的本質——情緒勞動。

一個情緒勞動者必然會碰到一個問題：「到底現在在營造情緒給他人的我，是不是真正的我？」

舉例來說，一名「戀愛咖」男公關，同時與多個客人產生曖昧情愫，是再正常也不過的事，其中幾個業績好的，甚至會同時擁有五、六個女朋友。

儘管這些「女朋友」大多是酒店小姐，做一樣的工作，都知道這種感情非常不切實際，用術語來說，這都是「話術」。但是，客人們還是會不小心爭風吃醋，因此對一名戀愛咖男公關來說，他面臨的第一個難題，是要怎麼妥貼的處理一對多的關係。好比，要怎麼不讓客人們在同一個晚上進店裡？

緊接著，他會碰到更棘手的問題。他應對不同客人，必須要有不同的方式，要轉換成不一樣的自己。下班後，為了鞏固客人，他必須時不時一同出去遊玩。面對同事，他必須不斷建立出自己的權威。一覺醒來，他每天身旁躺的是不一樣的人。然後，還得繼續做「話術」的工作。

這也就表示，屬於男公關個人的私密性已經消失。

我們每個人都需要「隱私」，或者某種更讓自己感到舒服的狀態。例如，一位一般服務業的員工，他把微笑放在臉上一整天後，下班便可以換上平時的穿著，回到舒適的家中，不受干擾的做自己想做的事。

對另外一些人來說，他們工作時與私底下的性格是截然不同的，例如，國外某些重金屬樂手，他們臉上畫著可怕的臉譜，在詭譎的舞臺氣氛中，演奏凶猛而慘烈的噪音。

但是當他們回到家裡，卻牽起小孩的手，換上T恤與七分褲，瞬間變成一位新好父親。而演藝明星私下的生活往往是狗仔隊最好的目標，但卻見他們一看狗仔出現，往往憤怒的朝他們揮手，大嚷：「滾蛋！」

這揭示了「隱私」的重要，我們大多數人都擁有「公開」的自己與「私密」的自己，「公開」的自己可能是公司主管、服務業員工、演藝明星，他所要面對的是「公眾」，因此不管任何事情都必須格外小心；「私密」的自己能夠自在的與朋友、家人，甚至是「自己」相處❷。而大家一般也會尊重他人的私密空間，所以當狗仔隊出現，明星們才會生出「連我的私生活都要干擾」的憤怒。

這表示如果人們失去了私密感，得不到安全自在的環境，內心便會產生焦慮，終究會造成某種心智上的扭曲。

再讓我們從另外一個角度來看。一般涉及「情緒勞動」的職員，他們的演出腳本大多有一套制式的規範，例如，客人來了說「歡迎光臨」，遇到「奧客」也必須以客為尊，而當事情嚴重到無法解決，還可以請上面的人應對。這類員工只要稱職的扮演好他人賦予的的角色，既不必想「我現在是誰」，也不用想「現在的我真的是我嗎」，因為他心知肚明——自己只是按照劇本走的演員而已。❸

然而，對男公關而言，卻完全不是這麼一回事。

我們沒有參考腳本，沒有職前訓練，上班第一天就被直接丟到職場中；我們每天都與不同客人相處，然後根據不同人的性格去轉換自己的狀態。我們的商品——「感情」，不若一般服務業的虛應了事，而是付出許多個人私密空間與個人情感所換來的。這樣下來，最後必然會產生自我質疑：「到底哪個是真正的我？還是他根本不存在？如果有的話，又跑去哪兒了？」

為了避開「自我質疑」的大麻煩，男公關最佳的生存策略就是在職場中不斷修正出一套最適合自己的腳本，將自我與工作結合，然後再繼續幹下去。所以，我們可以見到阿沁隔天來上班後，依然不脫丑角性格，彷彿昨天什麼事都沒發生，大家也都說：「發洩完就沒事了。」

❷ 當然這邊會有例外，有些人在家中無所適從，在工作時反而比較自在，但這並沒有違反「人人都有公開與私密一面」的命題。

❸ 這邊也有例外，譬如說，「太投入」的狀況會讓某些人幾乎與工作結合，但在此只討論比較常見的部分，以利與男公關比較。

如果回到前文我提出過的問題：「男公關到底販賣的是什麼？」現在已經得到解答了。但是，我卻赫然發現，這不是最根本的問題，最苦惱我，以及所有男公關的，卻是那最簡單、也最抽象的大問號：「要怎麼成為一名成功的男公關？」

沒有人可以解答，也沒有人保證他的方法絕對有效。所有男公關都必須經歷一段痛苦的摸索，在忍受諸多煎熬、狠狠拋棄原有的自己之後，再重新建構出一個屬於「男公關」的自己。

而每個人「原來的自己」都不一樣，建構出的「新的自己」也都不同，那麼誰還能替「自己」回答這個問題呢？

當初大寶告訴我的「多聽、多看、多學」就是這個意思，那是無止盡的折磨、永不停歇的征途，即便你爬到頂峰，仍沒有一套肯定或鑑別的標準來告訴你合格與否。

你唯一能做的就是擁有更多的客人、賺更多的錢，被這些外在的肯定包圍、活在虛幻的高牆之下。

然而，據我多方面觀察，男公關們沒有因此而成為一具空殼，相反的，他們個個有血有淚，在歷練中磨出自己的脾氣與個性。這表示不管職場上的壓力多大，每個人心中都還是有著「自我」，不管還剩下多少。他們生氣，氣的是日漸消逝的隱私與自我。再經由生氣的極端展現，來宣示自我中某個部分的主權，也讓自我的存在得到確認。

我曾讀過臺灣學者甯應斌的論文〈性工作與現代性：現代自我的社會條件〉。他在文章中提到許多應召女郎以自己的家當作接客處，按照一般想像，她們已經把最私密的空間敞開，又出賣自己的身體，怎麼會有隱私呢？但該文指出，她們會發展出一系列的「管理技術」，例如，定期清理床鋪，指認出哪個人是她真正投以感情的愛人，哪些人不是，藉以保護自己心中最私密的部分。

這個情況在男公關身上也是。就算這麼多人壓力過大、情緒緊繃，我還是見到有些人能夠充分調配時間，而保有自己的空間，例如，曾經對我說過「六點後才允許客人打給我」的大寶，雖然我不是很喜歡他，但不能否認他相當有一套。

所有的男公關都在摸索的階段，我們通過面試後就成為一名男公關，卻也永遠在踏往男公關的路上。

路途上，適者生存，不適者淘汰。這一切乍看如戲劇一般虛幻，有些人永遠懂得自己只是個名為「男公關」的演員，而能超然一切；有些人一開始只是逢場作戲，但後來卻不小心深陷戲劇的魔力當中，產生憎恨、喜悅等情緒，甚至不小心愛上客人。

說也奇怪，這種「假戲真作」的情況卻又往往格外吸引人，就像是冰冷的盔甲被卸除、柏林的圍牆被推倒。

每日每夜，男公關與客人間都上演著內心的攻防戰，男公關擔心自己太入戲，怕自己妥貼藏起的內心敞開後，耗盡自己的情感。客人則享受著打開他人心防的過程，鐵壁之後是什麼倒是其次，看見別人的自我才是重頭戲。

當然，更多的時候是完全反過來，男公關打破客人的心防。

#5

回到一個更原初的問題，如果使男公關痛苦的是「真正的我」遭到抑制，那麼這個「真正的我」又是什麼呢？

酒後的咆哮、失意的痛哭、憤怒的鬥毆，它有時候以極端的形式展現出來，但那究竟只是積怨已久，還是本性就是如此？

那其實像一層膜，薄薄的，包在腦袋皮層與外在空氣之間，雖然它看不見也摸不著，卻隔絕了真我與世界的真實接觸。

你要怎麼宣稱你活著？你會呼吸、你會吃、你會拉屎撇尿，但你卻始終覺得世界如此虛幻，以至於活著這件事本身形同虛設。

就算活著，也在孤獨的虛空中呼吸著充滿不確定的空氣。

第八章

離：In Utero

#1

「啊……」石震鵬痛苦的喘著氣。

他和陳穎禮在黑暗中，只覺得被一層潮溼而富有彈性的皮膚緊緊包覆，每過一段時間，這層皮膚就會向內縮緊，再一陣蠕動，把他們拉往更深的地方。他們以為自己將要斷氣時，卻又能在迷迷糊糊間接收到一點氧氣。而當他們大口吸氣後，緊縮感再度襲來，又回到昏迷狀態。

不知多少回合，他們好似突然到了一個溫暖、舒服、自在的地方，像泡在一池暖洋洋的熱水中。

兩人一動也不動，忘卻所有煩惱。

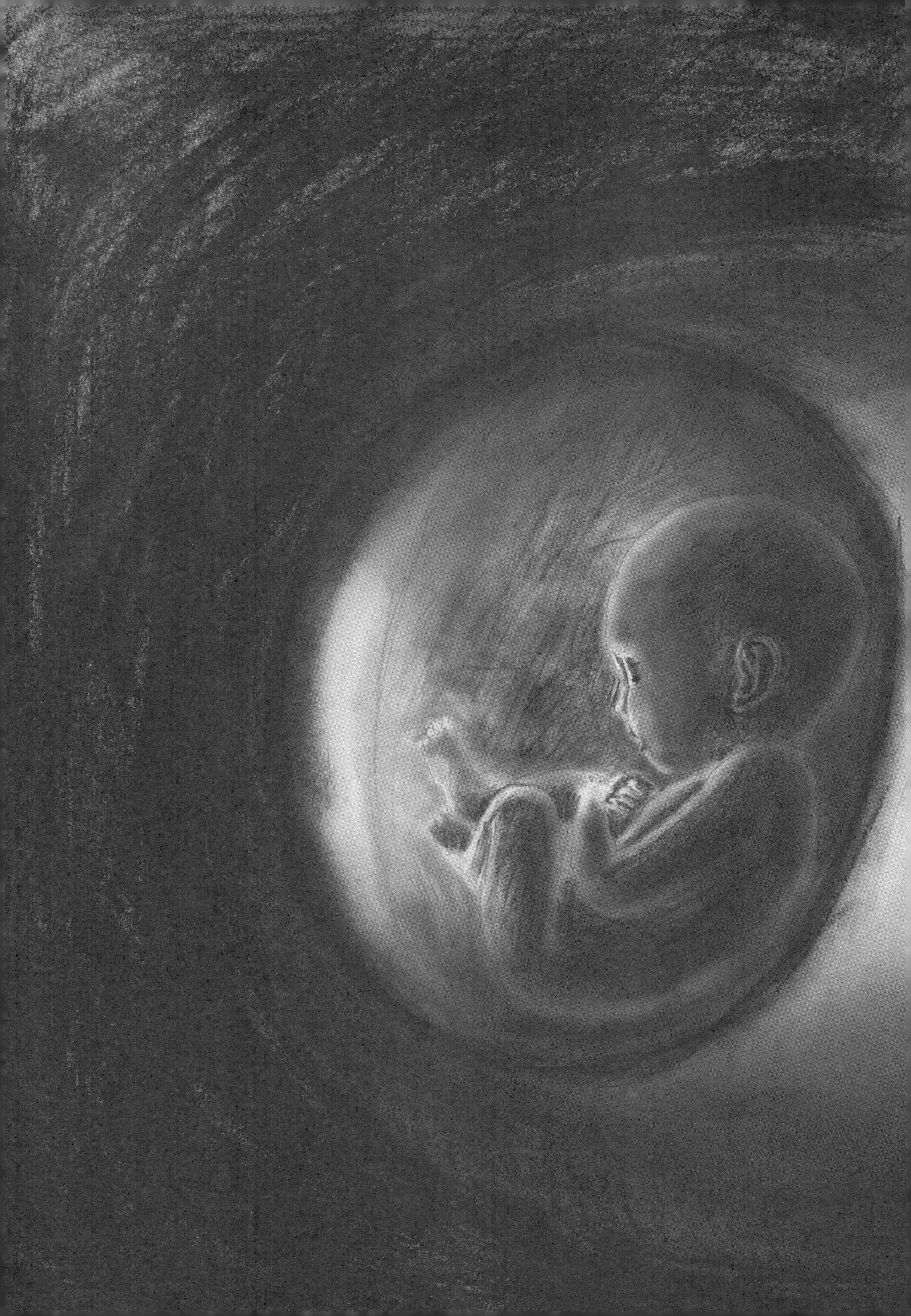

突然一陣寒意襲來，陳穎禮打了個寒顫，他睜開眼睛，石震鵬的臉就在他面前不到三公分之處，他們側躺著，緊緊抱在一起。他慌忙把石震鵬推開，左右張望之後，立刻把他給搖醒。

石震鵬睡眼惺忪的坐起身子，將手上的泥土與雜草抖一抖，立刻聞到陣陣惡臭，他摀著鼻子問：「我們睡了多久？」

陳穎禮狠狠的拍了他肩膀兩下，說：「清醒點！你先看看我們在哪兒！」

「這是哪？」石震鵬往四周掃過一圈，打了一個大寒顫，睡意全消了。

陳穎禮露出警戒的眼神，仔細打量周遭，說：「雖然身邊的景物都變了，但我們頭上的紅色橋樑還在，應該還在原地，」他試著往口袋找菸，點了一根，「但這裡，已經不是我們記憶中的臺北了。」

他們起身從橋墩下鑽出，走到橋上。放眼望去，四周圍林立著二十層樓起跳的白色公寓，活像白色骨牌，每一戶公寓的窗戶都被一塊大鐵板包得密不透風。緊臨河畔的公寓，一整排密密麻麻，直達天際。而他們腳下的河川，則漂著黑色的混濁汙水，散發陣陣惡臭。

石震鵬抬頭望著天空，說：「從身體感覺到的溼度和味道來判斷，現在的時間應該是早晨。但天空卻覆蓋著一大團黑色物體，成堆聚集。那不像烏雲，反而更像黑暗物質。」

「難怪，我覺得這裡的氣氛滯悶到難以呼吸。」陳穎禮跟著將頭抬了個老高，「你看那兒！」

他們將視線往上抬高，吃力的從大樓間的縫隙望去，只見到每個透著光的地方，都充滿著向上竄升的黑暗物質，再一路匯集到天上。有些以一縷黑煙緩緩上升，有些呈圓筒狀往上竄，而在更遠的地方，還有一道濃密至極的黑暗物質，如黑色龍捲風，將天與地連接起來。

忽然，遠方有個聲音傳來：「幹你娘咧，你們兩人在這裡衝殺小？」

他們轉頭一看，三個乾瘪瘦弱的矮小男人站在橋的另一側，身上冒著濃烈的黑煙，一步一步朝他們走來，在前方大約三十公尺處又停住了，並露出遲疑的表情。

「請問，這裡是臺北嗎？」陳穎禮問他們，並往前走了一步。但他們卻往後退了三步。

他們交頭接耳一陣後，露出詭異的笑容，說：「操你媽的，別的地盤來的不長眼瞎子，別以為生得高大就了不起。」然後，身上冒出的黑煙又大了一些。

他們三人腳步同時一踩，往陳穎禮衝過來，一記拳頭紮紮實實的打在他臉上。陳穎禮心頭一怒，又覺得這拳頭的力道大概只有小學生程度，便說：「好端端的打什麼人？」接著，一拳擊中其中一個人的鼻子。

那人應聲倒下，兩個同伴嚇得目瞪口呆，立刻退到遠方，說：「幹！這傢伙是受『正統教育』的……」

石震鵬走向在地上掙扎的那人，說：「你們到底在氣什麼？」

那人默默的掉下淚，但隨即又咬牙切齒了起來，說：「用不著你假好心，我這生是失敗了，要怎樣隨便你。」

陳穎禮蹲下身子，問：「過了橋那頭還是夜市嗎？」

那人惡狠狠的瞪著陳穎禮說：「你他媽的外地人還一直問東問西，自己去看不就得了！」

陳穎禮和石震鵬無奈站起，往夜市走去。他們穿過河堤入口，發現剛剛跑掉的那兩人，現在正鬼鬼祟祟的跟在他們後方。石震鵬與陳穎禮交換一下眼神，又繼續往夜市的方向走去。

一進入夜市，兩旁的大樓高聳入雲，天空更是黑麻麻一片，早已不是記憶中頂多四層樓高的夜市樣貌。

大樓與大樓之間狹窄的道路擠滿乾癟癟的矮小男人，他們或坐或臥，帶著陰鬱的神情，彼此飄出的黑暗物質聚成一團，一動不動的像一群窮途末路的老鼠。

當他們一走近，男人們紛紛交頭接耳起來，並投以奇異的眼光。

「嫉妒，不用看他們背後張牙舞爪的黑暗物質，光從眼神就能知道了。」石震鵬說。

他們快步走著，希望快點走出這個夜市。「這感覺，」陳穎禮咬牙切齒的說，「真教我全身不自在。」

「叭！」一陣巨大的喇叭聲傳來。回頭一看，一輛有著誇張盔甲的大卡車在身後緊迫逼人。石震鵬與陳穎禮慌忙閃避至一旁牆腳，身旁男人們也從地上站起，集體往牆腳蜂擁而來。

「這是在搞什麼？」他們與一個個留著雜亂短髮及鬍子、蓬頭垢面、瘦不拉機的肉體相貼，伴隨著濃厚的體臭味飄來，簡直快吐了出來。

突然「嘩」的一聲，急駛而過的大卡車在他們面前濺起一灘混著泥濘的汙水，噴了他們整身。那群男人見卡車駛過，一個接一個朝著它砸石塊，口中罵著：「正統教育的敗類」、「有種下車來單挑啊」。

剎那間，黑暗物質布滿了整條巷弄。陳穎禮湊到石震鵬耳邊低聲道：「這裡太危險，我們留不得！」拉著他快步離開。

他們好不容易走近夜市入口時，突然眼前一黑，兩個大布袋罩住他們整身，外頭一陣轟然。緊接著，他們感覺彷彿有五十隻腳、一百個拳頭，盡數往他們身上落去，那拳頭雖不怎麼疼痛，為數一多卻也十分難受。陳穎禮在布袋中掙扎著，雙手試著往開口處摸，卻被緊緊抓住，無法動彈。

不知過了多久，拳打腳踢的速率慢了下來，兩人早已痛得幾乎無法思考，卻聽得一個尖細的聲音傳來：「你們這群臭俗辣盡會耍下三濫手段發洩，有種朝城中區作亂去啊！」

接著又有一個男人的聲音說：「妓院來著的，交換條件清楚吧？」

那尖細的聲音又說：「幾個？」

「兩個。」

「成交。」

「啪」的一聲，布袋被揭起，兩人狠狠吸了兩大口氣，定睛一瞧，他們身旁站著一個穿皮衣的男人，男人一旁還有大約七、八個女人，而剛剛那群乾癟男人則通通站到較遠處，圍成一個大圈包圍著他們。

皮衣男人向他身旁的女人說了幾句話後，便有兩個女人往那堆男人走去，一陣歡聲雷動後人群就散去了。他將他們兩人扶起，帶他們坐上一臺有著厚厚裝甲的大卡車。

陳穎禮透過加裝兩層玻璃的窗戶向外看去，顫抖著不發一語。石震鵬驚魂未定的對著皮衣男人說：「謝謝你救了我們。」

皮衣男露出不可置信的眼神，說：「謝謝？你向我說謝謝？」接著便用尖細的聲音大笑了起來。

「有什麼好笑的？」石震鵬一臉疑惑的問。

「你們兩個受過正統教育的，哪本教科書教你們說謝謝的？」他笑得更激烈了，「我看你們有妄想症，兩個外地人孤身進入次級人區就夠好笑了，還學著高級人說謝謝，太荒謬了！」

石震鵬被他嘲笑得說不出話來。他打量了一下這個皮衣男人，看不到一絲黑暗物質，與剛剛那群男人的氣質完全不同，應該不是壞人。

陳穎禮用嚴肅的口吻問：「那群人抓住我們幹嘛？」

那皮衣男說：「幹！你們兩個是受正統教育太徹底，不知民間疾苦嗎？」他頓了一下，又笑了出來，「他們那群失敗的人，平時根本不懂得忍耐，在不該發洩的東西上發洩，更何況，」他轉過來看著陳穎禮，「你們一看就是高等分子，他們怎能放過這個機會？」

「那你救我們幹嘛？」

「你們不懂嗎？問題一堆！你們身為落難菁英分子，我將你們送到安全的地方，當然會有好處的。」皮衣男說。

車子駛入一間大車庫，外頭鐵門在車子一進入後便轟然落下。車子被升降梯推著緩緩上升，到了一個高度後停住。皮衣男帶他們離開車子，走向一間大廳。

這間大廳亮著溫暖的黃光，裡頭整整齊齊的擺著幾張椅子，上頭坐著幾個剛剛在大街上已見過的女子，好似正等待他們到來。

石震鵬與陳穎禮挑了兩張椅子坐下，四處張望，見不著一絲黑暗物質，覺得此處比「真實」社會還舒服。

皮衣男也跟著坐下，說：「好的，按照慣例，我必須要問你們受的是哪一套教育，才能交給上面的人去辦事。」

「他念茲在茲的『正統教育』到底是什麼？」石震鵬正要問時，陳穎禮向他打了個神色，搶先說：「你怎麼知道我們受的是『正統教育』？」

「那還用說？」皮衣男不假思索的說，「我做妓院的，你們兩人的外表跟氣質與那群爛男人相差甚遠，怎麼會看不出來？」

「相差在哪？」陳穎禮問。

皮衣男說：「第一，你們的營養充足，誰還能和你們吃得一樣高大？第二，你們身上散發的黑暗物質比較內斂與沉穩。」

「你看得見黑暗物質？」兩人異口同聲問。

「哈哈哈哈哈……」皮衣男仰天長笑了起來，「我要是看得到，就不會只開妓院，早就跑去吃香喝辣了，我靠的是後天練就的直覺。何況，現在普天之下還不知道有幾個人能見得著呢！」

一陣吵鬧聲傳來，大廳後方的大門被推開，兩個女人一邊嚷著一邊走進來：「那一群敗類，見著我們就發瘋似爭搶……」

皮衣男朝她們揮了揮手，待她們坐定後，倒了兩杯茶遞過去，說：「這次如何？」

「還不是老樣子！一群人狠狠打了一頓後，打贏的那個早就沒力氣，上來不消三分鐘便完事。」其中一個女人激動的說，她險些給茶嗆到，整杯茶掉在地上。另一個女人說：「我們兩人上下其手，他哪受得了？」兩人相視一下，竟然得意的笑了出來。

兩人與皮衣男又說笑一陣子，皮衣男向她們介紹陳穎禮與石震鵬。石震鵬不禁插口問道：「謝謝……不，妳們都這樣辦事情的嗎？」

「那當然！需要什麼就用身體去換，反正我們這個生意，供不應求！」

另一個接著說：「不只有外頭那幫失敗的傢伙要來，就連高級人偶爾也會有需求。所以，誰敢惹我們？沒了我們他們怎麼活得下去？」女人突然愁苦了起來，「小時候在選擇做哪種人時，我不想當女同志，又不想強迫自己累積黑暗物質，才決定走這條路。」她抬起頭，轉而笑開，「但我現在過得挺爽的。」

皮衣男轉過來對著石震鵬與陳穎禮說：「告訴我你們所受的教育種類吧。」

石震鵬轉頭看了一下陳穎禮，問他：「你覺得該說嗎？」陳穎禮思索了一會兒，回答：「他們沒有黑煙，不是壞人。」

石震鵬站起身子，一本正經的說：「我們不了解你們說的正統教育，而是穿越某個時空突然來到這個世界的。」他頓了一下，壓低嗓音，「而且我們看得到黑暗物質。」

皮衣男腦袋一歪，嘴巴張得老大，一臉震驚。本來掛在臉上的笑容瞬間收了起來，好似陷入難解的問題當中。

石震鵬湊到他身旁，向他介紹自己的世界，以及他們兩人怎麼看見黑暗物質，再向他具體描述黑暗物質的樣貌。

皮衣男聽言，問：「那我們世界的黑暗物質長成什麼樣子？」

石震鵬說：「多到一整片天空都被籠罩著，路上的每個人都有，而且比我們世界的強烈。」

「難怪……」皮衣男沉思了起來，看了一下身邊的人，「這該如何是好？」

「我……選擇相信他們。」

旁邊傳來一陣既似男生，卻又顯得太謙恭有禮的聲音。兩人轉頭一看，那是一個上著淡妝，看不太出性別的「男子」。

「不管這世界再壞，我們都要有一點作夢的機會，我覺得，抱持著相信的心態也無妨。」男子說。

這個話題一開，一群女子七嘴八舌了起來，幾個開始想像石、陳是穿梭時空來解救她們的救世主。過了一會，她們好像達成協議了，皮衣男笑盈盈的轉過身來，看著陳、石兩人，說：「既然救世主對這世界一無所知，我有必要解釋給救世主聽。」

皮衣男伸手抹去濃密的眉毛與鬍子，石震鵬、陳穎禮這才明白眼前的「他」竟然是一個女子。

「將自己打扮成男生，出門在外比較安全。這是一個崇尚黑暗物質的社會，因為世人相信黑暗物質會帶給人們無比的力量，而由於黑暗物質是男性特有的產物，人人盡想生出男孩。當有人生出了女孩，也極盡所能的灌輸她男性中心的思想。所以你看，街上為什麼只有男生，其中不知混著多少個女同志！」皮衣女說。

她說，像她們這種不願意當男性的女子，一般稱作「稀有種」，而身為「稀有種」，不外乎兩條路，一是來妓院工作，二是換過一個又一個男人。

「那種姦淫擄掠的日子真不是人過的！」

「直到遇到受過正規教育的人才能穩定下來。」

「但那一點自由都沒有！還不是活在恐懼之中！」

這群女人七嘴八舌的搶著說。

突然，那個上著妝的男生，以幾近告解的激動口吻抓著他們說：「你們知道嗎？我就是沒辦法接受『正統教育』，才逃了出來的……」他竟然哭了出來，他用袖口擦了一下眼淚，「難道，身為一個同性戀有錯嗎？他們盡會叫我仇恨他人，帶給我痛苦、煎熬、凌虐與羞辱，還告訴我堅忍不拔，咬牙熬過才能成為高級人。」他哭得更大聲，「他們明目張膽的說，男同志必須被處死，可是又默默約我上床，結束後又時不時威脅要舉發我，教我該躲去哪兒？」

陳、石兩人不知該如何安慰他，皮衣女接著說：「不礙事，讓他哭一陣子也好，他需要發洩，黑暗物質不適合他。這世界將男同志視為比次級人更不如的低等生物，因為他的存在只會玷汙黑暗物質。」

「那麼高級人是什麼？」陳穎禮問。

「高級人是最優秀的一群人，他們熬過了正規教育後，又接受了更痛苦，近乎抹滅人性的高級人訓練，身上有著最純正的黑暗物質！他們的樣子絕對不像外面那群次級混蛋！他們都住在城中區，我看過這麼多男人，但見過的高級人不超過三個。」皮衣女回答。

她用一種羨慕的口吻繼續說：「以你們的身分，一定可以見著他們……」

#2

石震鵬與陳穎禮坐上一輛黑色的巨型廂型車，前往城中區。

車上一片寂靜，陳穎禮望著窗外，看著建築物由千篇一律的擁擠白色公寓，慢慢變成紅色的、空間比較開闊的十層樓建築，再變成規劃良好，有著庭院的紫色獨棟別墅。路上

多黑衣男子站在巷子口。

過了三分鐘，他們來到黑色龍捲風正中央，前面一棟巨大的圓筒狀黑色建築物，上頭立著一根巨大且高聳入雲的煙囪，不斷飄出濃濃黑煙。建築物的窗戶與門口也飄出陣陣煙霧，使能見度極低；門口則站著一排幾乎長得一模一樣的西裝男子，身上冒出與室內不相上下的濃煙。

司機帶著他們走出車外，石震鵬抬頭往上看，心想：「原來就是這些煙匯集而上，把雲層搞得烏煙瘴氣。」他們穿過一排男子到了門口，另一個黑衣男子接棒，不發一語的將陳、石二人往內帶領。總共換了三部有黑衣男子守著的電梯，他們來到一扇印有黑暗物質可怕神情的大門前。

大門被打開了，走出一個穿著襯衫的高壯男人，說：「我是高級人在學生謝粗勇，請跟我往這邊走。」

他們走過一處滿布柵欄，如監獄般的室內空間。石震鵬朝謝粗勇打量了一下，他的黑暗氣質比外面的黑衣男人更強烈，但卻濃縮成厚厚一圈，圍繞在他身旁，而從他更富有表情的臉上，也能看得出他的獨特身分。

一扇木質大門被推開，裡面是寬敞的大房間，左側擺著一個巨大書櫃，右側擺滿槍械、刀子等武器，而中央大大的辦公桌上，坐著一個年紀大約四十歲，留著整齊短髮、戴著斯文眼鏡的魁梧男子。

「請坐。」他說。

石震鵬與陳穎禮挑了一張舒適的黑色旋轉椅坐了下來，那個穿制服的高挺男子端上兩杯茶。

「兩位好。你們的能力我聽說了，不必太拘謹。」

陳穎禮看著他，發現他身上的黑暗物質與他整個人融合在一起，只剩下肉身周遭一小圈，卻有如黑洞吸去一切光線，仔細回想，那畫面與將他們吸入這個世界的女子幾乎一模一樣。

「我先自我介紹，」那人笑著說，「我是『黑暗物質院』院長，高級人張天驚。我就單刀直入的問你們了，你們真的看得見黑暗物質？」

兩人點點頭。陳穎禮喝了一口茶，往旁邊張望了一下，正色問：「但我想先知道，你找我們來的目的是什麼？」

張天驚笑盈盈的站了起來，他龐大的身軀起碼有兩百公分。接著他往書架方向踱去，翻開一本書念了起來：「黑暗物質，一種人人都擁有，大多數人卻看不見、摸不著，彷彿有著自己生命的神祕物質。它源自人的內心，呈現內心最深層而不願面對的陰影，它蠶食你對人的信任、鯨吞你對人的關愛……」

石震鵬聽言，將喝到一半的茶放下，雙手往桌面一拍，大聲說：「這不是我寫的嗎？」

張天驚鎮靜的往他看了一眼，一點驚訝的樣子都沒有，好像他永遠都那麼老神在在。他說：「這在我們國內是基本常識。你宣稱這是你寫的，我並不意外，第一，這本書的作者早就不可考，誰寫的並不重要；第二，根據文獻記載，歷史上能看見黑暗物質的人通常都有妄想症。」張天驚朝石震鵬友善的笑了笑，「抱歉用這樣的詞彙來形容你們，但這是歷史歸納的結論。而我也相信，現世的瘋子時常是未來的先知。也因此，我不曾懷疑過你們的來歷。喔，不，」他用巨如蒲扇的手推了一下眼鏡，「應該說，你們的來歷，對我來說一點都不重要。」

陳穎禮看著他自信滿滿而又不失風度的樣子，心想面前這個院長與他之前見過的幫派大老的神情神似，教人無法不對他尊敬。

石震鵬突然說：「那本書後來怎麼寫的？」

張天驚拿起那本書繼續念：「……然而經過實驗證明，黑暗物質產生時所伴隨而來的『弒父情結』，將終生留在每個人心靈深處，讓人身體內部產生源源不絕的仇與恨，渴求發洩在他人身上，產生無窮的支配慾望。因此，同類之間將會展開殘酷的競爭，再經由恐懼驅動、基於動物自利求生的本能，令強者愈強，使人類潛能得到極大化，實現所有人類不能完成之事物。」

張天驚把書插回書櫃，不疾不徐的重新坐回他的位置，他說：「回到問題，我為什麼要找你們來呢？因為這本書的作者就是少數能看到黑暗物質的人，也因為如此，他才能鉅細靡遺的完成這本人類智慧的寶典。」

突然間「嘎」的一聲，張天驚後方，陳、石兩人前方的大牆上，緩緩降下一道白色的巨大投影幕。

「我們是這樣實踐的……」張天驚說。

影像中出現了一間教室，一名男同學攤手站在教室前，老師用鄙夷的神色，拿著一根棍子使盡全力揮打，一旁的同學則圍在他一旁又笑又跳，拍手叫好，還極盡所能的恥笑他。就這樣整整維持了兩分鐘，那男同學忽然一手將棍子搶過來，神色恐怖的吼叫著，往前面一個同學臉上打了下去。一旁衝進兩個穿黑西裝的大漢，三兩下便將他制伏在地，並狠狠毆打他的頭部。

「這男同學學識成績不及格，轉而遭受羞辱訓練，然而他連這關也失敗了，就因為他不懂如何控制黑暗物質。所以，我們按照規矩，把他流放到次級人區。我們再看下一個案例。」張天驚神色自若的說。

影像中出現一個只有單一出入口的室內空間，一群彪形大漢表情木然的站在各個角落，一個哨聲突然一響，男人們瘋了似的往中央竄，疊在一起互相毆打，像在爭搶什麼，約過了三十秒，一個男人站了起來，拿著槍往所有人身上掃射，鮮血濺了滿地。

「噢……」石震鵬不禁發出痛苦的聲音。

影片還在播放。幾個人慌忙從門口逃去，然而持槍男人不放過他們，持續朝他們開槍，最後只有兩個人逃出。持槍者準備往外走，一個躺在地上偽裝成「屍體」的人突然在他後方站起，衝過去朝他心窩刺了一刀，持槍男人應聲倒下。

「這是正統教育結束後，轉高級人教育的考試。你可以決定是否升等，不升等的就會變成外面那一個個西裝男子，而參加考試的就要進行如此殘酷的歷練。至於那幾個逃出去的嘛……」張天驚笑了一下，「有膽量參加，卻沒膽赴死，當然被流放到次級人區！但通常他們在次級人區可以混得很好，混到變地方上老大的都有！」

陳穎禮站起，狠狠的往桌上一拍，大聲吼道：「你們這樣做，簡直是喪盡天良！」他想起了自己當年在榕樹下的樣子，「因為殺了人，他升等了，但那種踐踏屍體的感受，只會成為夢魘而終日困擾著他。」

「這不就是我們要的嗎？」張天驚優雅的點起了一根香菸，還遞給陳穎禮一根。陳穎禮看著他微笑卻不怒而威的臉龐，竟無法拒絕。

張天驚為他點了火，繼續說：「在我們的法律中，殺害大於或等於你位階的人是合法的。然而，為什麼大家不盡情殺人呢？因為你殺了人，他的位置就歸你所有，你要承受更大的恐懼。」張天驚意味深長的朝著陳穎禮看了一眼，「不瞞你說，就連我自己也時時刻刻綳緊神經。但這就是美妙之處，既然想篡位，就必須絞盡腦汁，這不就激發出人類最大潛能了？」

陳穎禮皺著眉頭，雙手顫動，想說些什麼卻又不知如何說起。

石震鵬若有所思的看著兩人吐出的煙霧，再看到白色煙霧飄到張天驚身上的黑暗物質處，漸漸隱沒不見。

張天驚起身，緩慢踱步到一旁的步槍邊，拿出一塊布擦拭步槍，他背對著他們說：「我現在的計畫是，既然有了你們兩雙眼睛，便可以用量化實驗做逐步測試，最後找出一套最有效的黑暗物質產生方法。」張天驚轉過身來，雙手攤開，用低沉的嗓子大聲說：「你們兩個是不可多得的人才，我需要你們。」

「不！」石震鵬額頭上流著斗大的汗珠，堅定的說：「我研究黑暗物質是為了抵抗它帶給人類的恐懼、痛苦、孤獨與自卑，是為了讓人類更平等、更和諧，進而擺脫支配與被支配之間的痛苦慾望啊！」

張天驚轉身露出一身漆黑而高聳的背部。他拿起了一把擦得晶亮的小刀端詳片刻，突然一個箭步衝來，龐大的身軀竄到石震鵬眼前。

這一切來得太快，等陳穎禮反應過來，石震鵬已經被反手被抓住，一把小刀亮晃晃的正架在他脖子前。

「你幹什麼！」陳穎禮怒吼，黑暗物質滾滾蒸騰而上。

「你敢動，我現在就殺了他！」張天驚露出凶狠如不動明王般的表情，大聲的吼道。本來包覆著他的黑暗物質直線射出，吞噬掉陳穎禮的黑暗物質，奪去整個房間的色彩。

黑暗中，陳穎禮緊握著拳頭，緊咬著上下顫動的牙齒。

石震鵬發抖著死命掙扎，然而張天驚的力氣出奇的大，一隻手又巧妙的將他雙手牢牢扣住，讓他怎樣也掙脫不開。

小刀又往石震鵬的脖子逼進，冰冷的觸感如觸電般瞬間流過他全身。

黑暗物質慢慢收回張天驚體內，房間恢復光亮。張天驚漸漸鬆開手，將嚇到全身癱軟的石震鵬放回原位。

張天驚慢慢坐回位置，臉上再次出現微笑的自在神情。

「剛剛的感覺如何？」張天驚笑咪咪的說。

石震鵬喘著氣，不發一語。

「死亡，就這麼一瞬間的事。」張天驚伸手往自己的脖子作勢一劃，「人人都怕死，都想過好日子，一個和諧而均富的世界，誰不想要？」張天驚低下頭來，若有所思，「你說的那種日子曾經有過。當年，世界上所有主張平等的優秀思想家與政治家們，發展出一套完整而具說服力的理論，並一舉扭轉世界主流思想。世界各國靠體制內改革也好，體制外革命也好，一一建立了主張平等的政府。」他露出回憶的表情，「在那個資本主義極盛的年代，憤怒的無能者已經忍無可忍，自然輕易的被平等理論給吸引。每個時代的進展，只有必然，沒有偶然。資本主義固然瞥見我們男性理性自利的潛力，但它只窺得冰山一角，太窩囊且不夠徹底，容忍社會上各種次等的存在。」

張天驚赫然站起，眼神拉向遠方，說：「例如感性就是一種人類不必要的能力，或者說，次等人不需具備的能力，你說一個沒辦法理性思考的人，怎麼能搞懂『心靈』這種複雜的東西呢？讓次等人擁有感性，只會讓他變得盲目，在無知的死胡同兜圈子，浪費時間！再例如尊重，為什麼我要花時間尊重比自己差的人？為什麼我要有仁愛的胸襟拉拔無能者，然後說這叫平等？你我先天上就有偌大差異，幹嘛如此假惺惺？」

「的確，我們曾經有過那麼一段美好的時光，歷史學家用『世界革命後的新世紀』形容那段歲月，人們擁抱彼此，說『這才是人類真正主宰自己的一天』。」張天驚意味深長的笑了一下，「但顯然，所有人都錯了，而且錯得離譜，感性就是這麼迂腐，讓你沉浸在無可救藥的喜悅當中而看不到現況。」

「你要宣稱人類走向全新的社會，那表示人類的生產形態經過一番劇烈改革，例如從封建時代到資本主義時代，歐洲的農奴們從土地與階級的束縛中走出，來到都市中成為資本家的工人，靠機器推動人類的生產，整個社會從生產面到人際交往面通通改變，才是真正的改變。由此可見，當年那群可笑的人，自以為推翻了資本主義，換來的卻充其量只是個『假』平等時代，根本沒有解決生產面的問題。」

張天驚拿出一本相冊，翻出一張照片給他們看。

照片攝於臺北市常見的巷弄，是個大家庭的合影，後方站著一對夫妻，前方站了七個小孩，個個面黃肌肌瘦。

「這個小孩，就是我。」

張天驚指著其中一個孩子，說：「那時我們普遍認為只要有平等的信念，什麼都可以度過，政府的福利政策讓人暫時衣食無缺。好啦，人們快樂，孩子一多，大家生活壓力就大了，你沒有隱私，整天與人群貼胸靠背，卻還必須堅信人人均是自主而必須受到尊敬的主體。說什麼要實踐審議式的民主、尊重多元的群體、注重不同人的興趣與需要，放屁！那全是不食人間煙火的知識分子腦中的空中樓閣。事實上是，我們天天花三個小時開會決定將今天的糧食歸給誰，明天換誰去工作。那時，我們新一代的知識分子早已蠢蠢欲動，暗地裡質疑平等的理念，為什麼要耗時間尊重笨蛋？為什麼要和無能者分享食物？終於，在一群思想家與科學家發現黑暗物質並將它理論化後，那岌岌可危的狗屎平等信念就一瞬間崩盤了。」

「謝謝資本主義，它的崩盤讓我學到教訓；謝謝『假』平等時代，他讓我痛苦的經歷到與無能者相處的可怕。我可以斬釘截鐵的說，『黑暗物質』的時代才是一個新的時代！我們在男性身上發掘源源不絕的能量，用恨意推動永不停歇的生產、用恐懼激發理性，驅動人類集體往前邁進！」

石震鵬低著頭，雙手緊抓大腿，埋頭苦思，看著褲管被愈抓愈緊，汗水滲透進布料，暈成一片黑色。他的腦袋愈來愈沉重，腳上那團黑色水暈竟然快速擴大，轉眼間整條褲管都變成黑色。

「那茶有毒！」陳穎禮大叫。

石震鵬轉頭一看，陳穎禮的下半身和他的一樣，逐漸被黑色一點一點侵蝕、吞沒，變成只剩半徑兩公分的皮包骨。他抬頭望著張天驚，只見他帶著笑容，雙手抱胸，一副看好戲的樣子。

石震鵬看著黑暗物質侵襲到他的肚子，想站起來，在臨死之前狠狠的賞張天驚一個巴掌，卻「咕咚」一聲跌在地上。他絕望的轉頭看看陳穎禮，將最後希望寄託在陳穎禮身上，卻看見黑暗物質已經吞沒他的胸口。

陳穎禮倒在地上，彷彿想擠出最後一分氣力，用凶狠的目光瞪著張天驚。從他身體發出的黑暗物質，流向張天驚，竟被張天驚身上如黑洞的黑暗物質盡數吸收，一點兒也沒留下。

石震鵬的意識逐漸模糊，漸漸連自己的身子都看不見，不，已經連意識都充滿黑暗物質了。

第九章

開胡、離開、與離開前的最後一件事

#1

我「開胡」了，范妮莎是我擁有的第一個客人。從此以後，一切都變了。

我甚少坐在休息區，每天都喝到酒，過去從不打照面的別組公關，竟開始主動與我攀談。一週後，當我拿到薪水，打開一看，是我生涯最高點。我，起飛了。

上個禮拜日，店裡非常忙碌，約莫早上五點時，突然一桌客人叫看檯。我走過去與其他人站成一排，仔細一看，檯上坐了兩個人，一個是胸前開著深V領口的美貌女孩，一個是穿著新潮的瘦小男性。

「每個都好帥，我都要！」那男的眼神亂飄，醉態十足的說。

「笨蛋！這樣要很多錢！」

「那我可以點幾個？」

「你兩個，我一個，好嗎？」

那個看起來是同志的男生點了兩個男公關，而女的張望了一會兒，伸出一根手指指向我，說：「我要你！」

我轉身去拿杯子，路上秉儒大班湊到我耳朵邊說：「是自來客❶，好好把握！」

接下來的時間眾人幾乎都忙著應付那男生。他進店裡之前已經喝得爛醉，話都說不清楚，一下子拉著同事說要上臺唱歌，卻唱得荒腔走板，彷彿是野蠻人對著月亮嘶吼；一下子又一把將人抓去強吻，然後把自己的頭塞到別人胸前撒嬌，而那女的也忙得直說：「你別這樣啦，會造成別人困擾的！」

我與其他兩名同事互望，只見他們僵著一張臉，滿肚子苦水吐不出。雖然我們彼此不熟，但已經有了共識：「先把這難纏的傢伙撂倒。」

很快的，那男的便不勝酒力，放縱任性的時間絕不超過一小時。其他兩個公關見他一倒，便起身去顧自己重要的桌，遠走高飛去了。

❶ 指自行前往，而不是由公關開發進來的客人。我在鑽石工作的期間也僅碰到這一個自來客。

我和那女的敬酒後，她說她叫范妮莎，剛剛已經在附近的酒吧喝過一輪，突然那男的喊著要上FI店，才陪他來。

我們聊了一會兒，相談甚歡，不久，已經是早上七點半，〈晚安曲〉的音樂悠悠流出。

「你們要打烊了？」范妮莎吃驚的說。

「嗯，差不多了。」

「怎麼這麼快！」她露出不情願的表情，「我還喝不過癮！」

我告訴她我們在旁邊有一家分店，營業到十點。她聽完立刻叫醒在一旁熟睡的新潮同志，然後便一夥人收拾東西，往二店去了。

踏入「璀璨」後，我們三人走過阿修與他客人的檯前時，我向阿修擠一下眼角，他則對我挑了挑眉毛，露出「你竟然也有帶客的一天」的表情。

我們挑了一桌坐下來，她說：「我只剩下五千元，可以點幾個？」

在我心中默默幫她盤算時，一旁的新潮同志已經興奮得在店裡晃來晃去，忙著「物色」對象。

我說：「如果妳只開一瓶酒，大概還可以點兩個。」

「怎麼這麼少！而且只喝一瓶不夠意思啦！多出來的你幫我出好不好？」

第一次接待客人的我，苦著一張臉不知怎麼辦，阿修不知何時悄悄出現在我身旁，替我接話：「那有什麼關係？是小元的客人，又第一次來，怎麼能虧待？」他向少爺揮了揮手，「把我寄的酒拿出來。」

後來，我們點了阿修、一起跟我跑過來的小翔、還有新潮同志看上的三個男公關一共五人。

席上，新潮同志和他的新歡玩成一片，並馬上又醉倒在沙發上，阿修和小翔很夠意思，一直在暗地裡捧我。當氣氛靜了下來，他們像是兩隻反應迅捷的貓，立刻見縫插針開啟新的話題。

范妮莎總是突然丟出幾個任性的要求，如「再多點幾個來啦」、「我還要喝多一點」，阿修就說：「今天妳來得太突然，大家都在忙，下次妳來，小元會特地幫妳安排。」小翔則說：「妳現在點酒也喝不完，下次早點來，大家陪妳喝個過癮，不是更棒！」

就這樣，他們幫我用「話術」糊弄過去。我對他們投以感謝的眼神，然後替大家倒酒，說：「來啦！先喝了這杯再說。」

很快的，一支威士忌喝光了，時間已經來到九點半，范妮莎醉到搖頭晃腦，將整個身子依偎在我懷裡，嬌聲說：「我還想繼續喝。」

這時，二店的老闆龍哥突然拿著帳單，晃著巨大的身軀坐到我身旁。

「這人是誰？我沒有點他啊！」范妮莎大聲嚷著。

「他是老闆！妳沒禮貌！」

龍哥笑了一笑，說：「沒關係。」然後將帳單遞給我，接著對范妮莎說：「今天第一次來我們店裡，還滿意嗎？」

我瞄了一下帳單，入場費、人頭費、少爺小費、開瓶費、坐檯費，零零總總加起來大約是六千元。正在我苦惱著「如果她付不出錢怎麼辦」，卻只聽見范妮莎說：「我喝得不夠盡興！」

我慌張的說：「再開一支妳就沒錢了……」龍哥暗中握住我的手，並且用手指摳了兩下。

「少爺，再開一支來。」龍哥說。

少爺聽從吩咐，到我們面前拿起開瓶器，「波」的一聲打開一支全新的威士忌，再拿起大家的杯子一一倒滿。

這時，龍哥開始與范妮莎划起酒拳來。范妮莎喝了不少杯酒，轉眼間已經醉眼迷濛，整個溫軟的身子倒在我身上，香水味撲鼻而來。

龍哥湊到她一旁，接過我手上的帳單，再用原子筆在上面多記上剛剛那瓶酒的錢，說：「妳今天一共喝了這樣……」

「噢！怎麼這麼多！」范妮莎抱怨著，默默抄起她的包包，打開錢包數起鈔票，拿出行人從一團團猴子般的次級人，逐漸變成一個個穿著黑色西裝、戴著墨鏡，發出巨大黑暗物質的彪形大漢。

「我們要進入黑色龍捲風了啊……」陳穎禮出神的說。

剛剛，他們在妓院上車後，那名長得跟路旁彪形大漢沒兩樣的司機，用機器般制式口吻向他們說：「我是正規訓練第七十六期畢業生王飛虎，現在接待你們去見『黑暗物質院院長。』」

他們兩人盯著司機冒出如小山般的黑暗物質，一邊看著黑煙一點一點把車廂塞滿。陳穎禮將窗戶拉開。

「關起來。」司機頭也不回，用絲毫不帶情緒的命令口吻這麼說。

「為什麼？」陳穎禮起了些情緒，用有些挑釁的語氣說。

司機沒有回話。

剎那間，司機與陳穎禮身上的黑暗物質都逐漸大起來，大到即將交會時，司機的黑暗物質慢慢收了回去，甚至比一開始小了一些。

石震鵬拉了拉陳穎禮的衣角，使陳穎禮的黑暗物質也跟著小了一些。司機用他身旁的遙控器，將窗戶關上。

他們來到了博愛特區，這裡的道路和原來樣貌差不多，依舊寬闊的重慶南路，多了許足夠的金額遞給龍哥後，就把新潮同志叫醒，然後起身去廁所準備離開。

剛剛我偷偷看了她的錢包，錢根本綽綽有餘。龍哥趁機湊到我耳邊，用臺語說：「她要是歡喜，喝到茫掉，錢就開出來了。」

看來，我要學習的還真的不少。

#2

在這之後，不管范妮莎是不是要來消費，她時不時會一通電話打來，跟我扯上幾句再掛斷。而我雖然曾經去過她家幾次，我們卻總是在辦完事，享受片刻的親密感後便回歸到彼此的生活，沒有進展到男女朋友關係。

我們之間有一條看不見的界線，它的形狀模糊不清卻又耐人尋味。她提出的一些要求，譬如，牽手或是接吻，我大多數不會立刻答應，甚至會在心裡掙扎，問自己：「這樣做會不會太超過了？」但最後大多不敵誘惑，乖乖就範。

有時候我會思考「范妮莎之於我的意義」，她固然不是我的情人，卻又在我心中占了重要地位。那麼，重要的原因只是因為她是我的客人嗎？好像不那麼單純。我閒來沒事時會猛然想起她的一顰一笑，然後暗自傻笑，當我憶起她一些任性卻不失可愛的要求時，心頭總是甜甜的。而這，又是為什麼？

有人說曖昧不明是最美的，我們就像在拔河，有時她把我拉過去，有時我把她拉過來。每當雙方的位置改變一些，我們中間那條模糊的界線就也跟著動搖，卻永遠也不知道它會落在何處。我們兩人享受著這種不確定感產生的刺激。

好在范妮莎是個直率性格的人，要是工於心機，也許我就陷進去了！

偶爾，我也必須要像每個男公關一樣，用「話術」哄她來消費，然而她不是消費力旺盛的客人，大概總共也才來店裡四次而已。但光靠著這數目，我的薪水瞬間攀升一個等級，甚至比過去整整一個月當坐檯公關賺的還多。此外，組上同事也都開始用手肘頂我，說：「小元開胡囉？」鬼鬼則消遣我說：「喊拳還不是喊輸我！」

我和同事們的關係也愈來愈熟稔。某次秉儒大班竟突然對我說：「下班後我們要一起去六福村，你要不要去？」

「你確定？」我不可置信的說。

「我確定。」他堅定不移的說。

「可是我錢不夠。」

「那沒關係，我先幫你墊。」

我答應了下來。下班過後，組上所有人都來到秉儒在公司附近的租屋處集合，不久，鬼鬼也來了，阿沁和柚子則熟悉的脫下鞋子，各自走進房間。後來才知道，原來他們同租一棟房。

這間挑高的樓中樓非常漂亮，一扇巨大的落地窗讓早晨的陽光灑滿整個房間，地板的磁磚白得發亮，客廳則鋪了繡花地毯，整體被收拾打理得相當乾淨而簡樸。而沙發上，嗯？竟然睡了一個人！

那人翻了個身，對著秉儒說：「老公……你回來囉？」

那是秉儒的客人，也許因為做便利商店店員的關係，不常來店裡消費。我雖然認識她，但她的出現還是讓是我吃了一驚。

稍待片刻，我們便一行人搭計程車到台北車站改搭火車，到中壢火車站下車後，再轉計程車。等到了六福村，已經中午過半了。

我們在園區內玩遍所有的遊樂設施。面對以「恐怖」與「頭暈」為賣點的六福村，秉儒與柚子一樣也不敢玩，專挑旋轉木馬和急流泛舟之類的小玩意。我和鬼鬼則無樂不坐，甚至還在雲霄飛車上興奮的喊著拳，然後拖著秉儒說：「身為一個大班，就要和我們一起玩啊！」

「身為一個大班，就是要別人再迷糊，自己也要保持清醒！」他開玩笑的板起一張臉說。

接著，我們還去買了泳衣泳褲，到六福村新設立的水上樂園大玩特玩。玩完一整輪後，太陽已悄悄落下，縷縷晚風襲人而來。

歸途，我們選擇搭直達臺北市的巴士，大家坐定位後不到半分鐘便集體睡死。這也難怪，每個人都超過三十小時未闔眼了。

巴士搖搖晃晃的開到臺北市，時間大概是晚上九點。我算了一下時間，回到家裡大概還有三個小時可以睡，一定要好好把握。突然，秉儒大班的手機響起，他接起來說：「瑋瑋副總嗎？嗯……發名片？噢，我忘了！對不起，我們馬上過去！」

這真是個噩耗。我們拖著彷彿不是自己的身體發完名片後，已經晚上十點了，距離上班只剩四個小時，回家睡覺實在太不划算，只好看著彼此深陷的眼眶，互相拍拍肩膀，說：「接下來上班時間別喝太多。」

除此之外，我和阿修的感情也愈來愈好。好幾次我和小翔到二店兼差下班後，還意猶未盡的到他家閒聊。

當我第一次踏進他家時，先是踩到地上的貓砂，然後又看見堆得跟小山一樣的衣服，心想：「真是和秉儒大班家的風格截然不同啊！」

我們在沙發辛苦的挪出三個人的位子後，阿修說：「肚子餓了吧？我們來叫麥當勞如何？小元你開胡了，這頓算我請你。之後你發達了不要忘了點我過去就好。」然後，他拉開身後和室的拉門，大叫：「欸！我要叫麥當勞，你們要點什麼？」

和室裡竟然有三個男生打著赤膊，人手抱一個女生，躺在臥鋪中。其中一個迷迷糊糊的說：「我要大麥克……」

「啊哈！阿軒！原來你還活著喔？」小翔驚呼著說。

那個叫阿軒的人先揉揉眼睛，又睜大了雙眼說：「幹！你怎麼會在這？」然後又瞬間恢復愛睏樣，「麥當勞送來了再叫我……」

忽然「碰」的一聲，旁邊又一扇門被推開，三個幾乎長得一模一樣的女生，掛著糊掉的妝，睡眼惺忪的走出來，說：「我要雞塊餐……」

麥當勞很快就送來了，三個女生打著呵欠、啃著薯條，阿軒爬出床鋪，穿著一條內褲，拿起漢堡猛啃，而其他兩個男生則在原地一動也不動的繼續呼呼大睡。

「阿軒！你現在在幹什麼？」小翔說。

「沒幹嘛，」阿軒揉揉眼睛，不知是沒睡飽還是他這人本來就一臉跩樣，「辭掉男公關後，現在做 bartender❷。」

❷ 指調酒師。

「Bartender 比做FI輕鬆，雖然錢比較少，但收入穩定，而且他動不動就把女生帶回家睡，過得多爽你們不知道！」阿修說，「像我現在也在考慮回去做殯葬業。」

「你做過殯葬業？」我問。

「對啊，你看不出來嗎？」他脫下衣服，露出漂亮的「半甲」刺青，「我是殯葬世家出身的，靈骨塔，我賣過；生前契約業務，我也做過；搶屍體，我都跑第一。」

「這樣喔？」我看了一下四周一團人，說：「你們四男三女住一起？」

「對啊，做這行的就是要同舟共濟不是嗎？」阿修說。

「欸！你叫小元對不對？」其中一個女生突然說。

「對啊，妳怎麼知道？」

「在『璀璨』，我們有點過你，你都忘囉？」

我想了一下，雙手一拍，說：「啊！對對對！妳們就是那三個很聒噪又長得很像的少女團體。」

「你說什麼！」她們三人忽然同時站起，一副要打我的樣子。

我抬頭看著她們三人一樣的髮式、一樣的妝容、一樣的表情，簡直就是三胞胎。「這還說不是少女團體？」我心想。

我們又談笑了一陣，忽然阿修不知哪來的興致，對大家說：「你知道我和小元曾經感情失和過嗎？」

「哈哈哈，那時候我們倆還打冷戰！」

那次，我一踏進「璀璨」，一個長髮披肩的女客人見到我，就對著與她抱在一起的阿修說：「我要點他！叫他過來！」

我覺得莫名其妙，坐下後，她竟一個屁股挪到我腿上，一隻手勾著我的頸子，說：「我在一店就看過你了，現在被我逮到了吧！」

身為已經有一個半月資歷男公關的我，心裡知道這種情況要先判斷她是誰的客人，如果是別人主要的客人，那要與她保持距離與分寸，才不會得罪他人，甚至被冠上「搶客人」的罪名，但如果只是主要客人的朋友，就各憑本事了。

很快，我知道狀況了。這名叫花花的小姐，只是主桌客人的朋友，而唯一讓我摸不清的是她和阿修的關係。

我確定阿修有意思要與她拉近距離，但像「花花」這樣身分的客人，根據潛規則是可以「爭搶」的。

如果我的競爭對手是別組公關，那當然沒話好說，搶就對了，然而今天的對手，卻是一直以來十分照顧我的阿修，這下該怎麼辦？

她就這樣繼續坐在我身上，嚷著要跟我划拳，我用眼角餘光看阿修，卻看見他滿臉怪異神色，在一旁不說話。

忽然，他好像想起了什麼，趁我們划完一輪拳之後，湊過來說：「花花，下一把我跟妳打。」

「不要！你這個矮子！」

羞愧與恥辱的神色掠過阿修臉上，他靜靜的說：「好啦，小元也是我們店裡優秀的公關。」然後轉檯去別桌。

事後，她跟我互留電話。當時的我還沒「開胡」，心裡很得意，想說第一個客人是否要送上門來了，卻又擔心我與阿修的關係會因此變差。當晚，她傳訊息過來，我們聊了一陣後，她說：「我覺得阿修很討厭。」

「怎麼說？」

「他跟我說他喜歡我，但我只覺得他像隻豬哥。」

「哦？」

「他還跟我說你的壞話呢！」

「什麼？」我在心裡驚呼，簡直不敢相信這件事。

之後，也許是我本身猜忌心態作祟，也許是阿修在我面前有某種因自卑感而產生的比較心理，總之，我們倆陷入了尷尬。

就這樣持續了四、五天，某天我又來到「璀璨」，阿修一見到我就從休息區站起，搭著我的肩說：「我想跟你聊一下花花的事。」我們走出店門外，他掏出手機說，「你自己看看，她說的是不是事實？」

我接過手機，見她與阿修說的，和與我說的一模一樣，內容大約是我跟花花說我喜歡她，但是她並不喜歡我，而且我還向她說阿修的壞話，她夾在兩人之中感到非常苦惱……

「聽她放屁！」我將我的手機拿出來，遞給阿修，「你自己看她怎麼跟我說的！」他看過之後，也生氣的說：「幹！這個神經病肖婆！」

「她為什麼要這樣做？」

「不知道。」阿修說，「這種客人我也第一次碰到，我想是種『被愛妄想症』吧？也搞不好是當酒店小姐壓力太大，沒事就玩弄別人發洩情緒。」

「那現在怎麼辦？」

「嘿嘿。」每當這種時候，他的腦袋總是轉得特別快，「我們立刻對她冷淡，但又不要拆穿她，讓她兩邊都挽救不回來。」

之後，我和阿修的關係便回復以往了，而花花也從此不來「璀璨」，據說她也是因為玩弄男公關的感情，而被一店公關集體封殺。

#3

「開胡」這件事很微妙，有點玄，卻又無比靈驗。據說每個男公關只要帶進第一個客人後，第二個與第三個很快就來了。

我想，「開胡」表示的不只是一名男公關已經跨過第一階的門檻，還是環境推波助瀾的結果。你瞬間被公司所有人認同，而同時也會告訴自己「我成功了」，再也不是怯生生的小白兔。

然而，已經步上軌道的我，卻早在幾個禮拜前就萌生退意。

起初，我問我自己：「你連最基本的能力都還沒具備，不管是對自己的肯定也好，做研究的深度也罷，如果就這樣離開的話，那豈不是全都白費了？」

於是，我留了下來，也嘗到了小小的成功果實，但「離開酒店」的念頭卻始終沒有消逝。

這兩個月，我日夜顛倒，身體像是浸泡在大酒缸中，一覺醒來仍天旋地轉，彷彿永遠睡不飽，因此變得相當容易疲倦。大一大二時的生龍活虎，早已一去不返；而本來愛好喝酒的我，當初懷著「喝免費酒」的念頭，如今卻徹頭徹尾的反了過來，變成一見酒就怕。（就算到了寫稿的現在，距離離開酒店已經足足一年半，我還是時常覺得酒量大不如前，飲酒的嗜好也被那兩個月給磨掉了。）

好的，撇開上述生理上的狀態不談，心理上的狀態也是我離開酒店的原因。

首先，酒店的「情緒勞動」相當不適合我。從小到大，我直來直往慣了，心裡真正的情緒往往藏不住，那還要怎麼去「服務」別人呢？而另一方面，我心中某種「道德觀」也始終讓我過不去。

即便我告訴自己，這一切真的是一齣戲，客人與男公關雙方都是你情我願，一個願打一個願挨，但每當我打電話給范妮莎，昧著些許良心去「話術」她時；還有每次看著她掏出一疊鈔票，醉醺醺的付帳，我總是覺得全身不自在，心想：「難道我非得要這樣『騙』人家辛苦賺來的錢嗎？」

我的同事們，十個有五個出身自底層家庭，從小就在社會上打滾，因緣際會來到「鑽石」外頭那條五光十色的大街。他們什麼工作都幹過，有像阿修賣過靈骨塔的，也有像阿軒那樣跳槽去酒吧的，有的是過氣藝人、皮條客、酒店經紀人、服飾店店員、手機買賣商。總之，離我這樣的大學生身分相當遙遠。

而我，一路走來，雖然在同儕之中顯得相當叛逆，甚至時常唾棄整個餵養我長大的體制，並自以為「酒店」會是更貼近我的環境。但是，從踏入「鑽石」的第一刻開始，我就明顯感受到整個環境與我在「次文化」以及「生活方式」上的截然不同。

男公關們吸引我的，其實是一種「叛逆」的符碼。我覺得他們夠「壞」、夠「不入流」，也因此夠「獨特」，這代表著別人不敢做的，我去做了。

對我這種人來說，我只是在一個安全的環境中尋找刺激，然後撿一些標籤貼在自己身上；對真正在「鑽石」上班的男公關來說，這種生活卻是必然，他們並沒有太多考量，一切都是為了生活，一切都是「他們的」人生。

我終究只是一個闖入陌生世界的外來者。即便大家接納了我，也與我熟悉，沒有因此對我產生排斥感，我卻始終都只是一個手拿相機，走入陌生城市的觀光客。

也許有人會說，我已經預設一個切割彼此的立場了，怎麼可能融入「他們」？我必須說，我已經盡最大的力氣去嘗試了，而我得到的結論是「我不適合」。就像某些人可以輕易的移民到其他國家，有些人沒有辦法。

對我來說，這趟旅程最大的收穫就是透過觀照彼此，而能承認上述的結論，也就是——我自以為是的叛逆，都只在滿足自我的想像。

雖然這個想像破滅了，我卻能更清楚知道我與他們的不同，然後在取捨過程中，知道我要的究竟是什麼。因此，男公關這份職業，以及所有與我在「鑽石」共事的人們，從此在我身上留下了不可磨滅的痕跡。也許往後我們不再相遇，我也不會重拾這份工作，但這段彼此所建構的經驗，卻與我再也切割不開了。

這讓我想起了三毛。

她在著作《撒哈拉的故事》，描寫自己是一個對撒哈拉長期懷著夢想與憧憬的少女，但當她真的到了撒哈拉，才切身體驗到諸多與想像不同的現實情況。

然而，就算三毛經歷了想像的破滅，在她筆下，撒哈拉的美卻未曾變過。對我來說何嘗不是如此！融入男公關的世界固然屢次讓我感到氣餒，我卻一直覺得男公關們直率的性格、有血有淚有衝突的真性情，在這個充斥矯揉造作的社會中，永遠珍貴而可愛，是我值得學習的。

我和三毛最大的不同，大概是她就算處在異地，仍堅持著自己的個性；而身為研究者的我，則反過來，試著融入這個環境。

以上這個描述如果放在學術研究中，將充滿爭議——首先，當一個研究者以外來人的身分進入田野，他豈不是「汙染」了這個環境，而動搖了研究結果？其次，這種參與式的觀察，誰能保證研究者說的話句句屬實，而且是「客觀」的呢？

我為了避開第一個問題才選擇匿名研究，讓大家都不知道我的真實身分。我的另一個顧慮是，如果我表明身分，「鑽石」的幹部們必然會對我產生戒心，所以我打算先工作一陣子，待大家熟悉我的性格後，再向老闆徵詢意見，得到同意才撰寫論文。

關於第二個問題，我必須說「主觀」或「客觀」的標準，在我的研究中並不適用。我希望呈現給各位的是一幅圖像，是一個我們覺得遙遠卻又每日每夜在身邊運作的小世界。這個世界充滿外界諸多負面的猜測與想像，而我的工作則是替這個世界「除魅」，提供一份第一手觀察，讓大家能用夠開放的角度思考。

只要你認為我有達到上述的效果，我的目的就達成了。

再讓我們回到第一個問題。我必須承認即便我採用匿名方法進入田野，「我」的進入卻一定會對田野產生影響，就像一名轉學生來到新的班級，不管他是否有奇怪的意圖，也必然影響整體的人際關係。

可是我又時常想，為什麼研究者就不能影響田野？好像有失客觀是學術中的大禁忌？何況，對我來說，我不認為我「只是」研究者，我「還是」名符其實的男公關，那麼，我又為什麼不能影響田野？

讓我再說個故事吧。

#4

「鑽石」的客群粗略來分，大約七成是酒店小姐，兩成是中年貴婦，其他一成有來捧場的朋友、女明星、女企業家、把酒店小姐帶出場續攤的男酒客、還有極少數專程前來的男性客人。

我第一個認識的男客人名叫偉哥，據秉儒大班說是他的「老朋友」。他的面皮乾淨、唇紅齒白，總是穿一襲貼身輕薄衣物，叫人看不出年紀。坐他的檯十分輕鬆，他不玩遊戲、不好暴飲，只要陪著他隨意閒聊，偶爾上臺唱歌，消磨不久就瀟灑的離去。

偉哥算是秉儒的主要客人，平均一到兩個禮拜光顧一次。不知是什麼緣故，自從我坐過他一次檯後，就成為他必點的公關了。

我們的關係逐漸熟稔起來，有次我大膽的問他：「偉哥，你為什麼要來跑FI店呢？」「那當然是心情不好。」他朱紅色的嘴唇動呀動的，「來這邊消磨時間，又有人陪伴，不是很美妙嗎？」

在西門町紅包場當歌星的偉哥，一唱就是十年，現在那邊漸趨沒落，他的工作屢屢碰到麻煩，不是被迫與相處不來的人合作，就是一間店又一間店跳來跳去。

雖然我們男公關對紅包場的文化毫不了解，他也沒有想要說清楚的意思，但大家卻有辦法逗他開心。我們喜歡拱他上臺唱歌，起初他會推辭說：「我來這邊是休息的，幹嘛還要唱？」但當點歌本被送上來時，他會一口氣點個三、四首，然後在唱完後接受大家的鼓掌笑著下臺。

聲音柔細卻有穿透力的偉哥，真實的性向和與秉儒間的關係，卻始終都是個謎團。

小翔說：「我保證他是個 gay！」

鬼鬼說：「秉儒他本身搞不好也是雙性戀，不然怎麼從沒看他交女朋友？」

我則說：「我不管他是不是 gay，只管坐他的檯輕不輕鬆。」

他們兩人連連點頭稱是。

有時我會納悶，來「鑽石」消費的男客人基於什麼樣的心態，為什麼不去同志酒吧呢？有一定資歷的小翔說：「我之前工作時，客人多到滿出來，卻一個臭 gay 都看不到，一定是最近生意不好，公司才允許男公關開發同性戀。」

鬼鬼說：「我才不想知道他們為什麼要來，我寧願在休息區發呆也不要上 gay 桌！」

看來在這兩個恐同分子身上是問不出什麼的。

我認識偉哥沒多久，秉儒又帶了另一個男客進來，也是他的「老朋友」。這名男客叫蔡哥，喜歡穿寬鬆的襯衫與褲子，有著黝黑的皮膚和一雙略為惶恐的眼睛。

那次秉儒替蔡哥叫看檯，我們站成一直線，蔡哥卻只低著頭，扭捏的左顧右盼，最後一個也沒點。

我們回到休息區坐下，小翔立刻說：「剛剛嚇死我了！好險沒有點我！」

正當我準備點起一根菸，並把腳翹到桌子上時，秉儒突然從後方拍了拍我的肩膀，小聲的對我說：「蔡哥要點你。」

我起身，對掩嘴嘲笑我的鬼鬼與小翔兩人比了中指。

我隨著秉儒腳步來到蔡哥面前坐下，並且舉杯向他敬酒。

他低垂著眼神，向上瞄了我一眼又迅速落下，然後將一旁的奶茶倒入酒杯，再添一點威士忌，舉起杯子，用一種男同志——極其謙恭有禮又不溫不火——的特有腔調說：「我叫蔡哥，很高興認識你。」

我和蔡哥不熟，加上他性格又比較扭捏，我們沒辦法很快的瞭解彼此。然而，我卻能從他時不時窺探我的目光，知道他對我特別有意思。

如果說偉哥是同時具有陽剛與陰柔特質的雙性戀，蔡哥則是個陰柔到了骨子裡，靈魂裝錯身軀的男同志了。

說也奇妙，我在「鑽石」的「男客緣」特別好，蔡哥當然也不例外。自從我與他碰面後，他便以每週一次的頻率光顧，還必點我上檯。

小翔說：「我看他八成是愛上你了！」

我沒有反駁，因為我確實也這麼認為。

撇開同志身分不談，他其實是個很妙的人。他不喜歡飲酒作樂，反而喜歡玩猜謎。他習慣先倒好幾杯酒放在桌上，然後說出一道謎語，每個人輪流猜題，猜錯的喝一杯，直到桌上酒喝光為止，如果有人猜對了，他則一個人將桌上的酒喝光。

每當玩起猜謎遊戲，天性好動的阿沁便會屢屢打呵欠，縮在一旁提不起勁。一等到蔡哥滿意了，阿沁就會突然從旁邊跳出，嚷著改玩熱鬧的遊戲。

「七加八減九如何？」阿沁興奮的說。

每當這類傳統的酒店遊戲開始，男公關們全都生龍活虎起來，「你先喝」、「我要害死你」等等吆喝聲不絕於耳，而蔡哥則秀氣的用手指逗弄著嘴唇，在一旁緊張的看著，讓整個景象像極了一群國中生在教室內打鬧，一個女生在旁觀看著，心中既是不解又覺得有趣。

某次，我們把蔡哥強拉下來玩，他輸了幾把，驚呼：「啊……怎麼會這樣！」

幾輪過後，大家都醉了，秉儒直接在蔡哥旁邊睡著，頭抬了個老高，阿沁在一旁睜著眼睛，神色有些痛苦。

我也醉了，眼前視線一片矇矓，忽然一隻手摸上我的大腿，迷迷糊糊之間聽見蔡哥說：「小元，這整家店就屬你頭髮最美、長得最帥。」

我心頭震了一下，酒醒了一半。

「這算是告白嗎？」我心想。

「謝謝。」我勉強打起精神，掛起一個笑容。

蔡哥忽然臉色一沉，我想他必定感受到我顯而易見的不愉快，吞吞吐吐的說：「我這樣做會讓你不舒服嗎？」

「嗯，是還好啦。」

他將臉轉過去，本來就低垂的眼角，如今又垂得更低了。

「其實我知道，像我這樣的人，肯定會造成你們的困擾。」

「蔡哥你怎麼這樣說！」我看著他愁苦的樣子，忽然一絲憐愛感油然而生，「我們一直都很歡迎你的。」

「那麼，」他說，「小元，可以麻煩你幫我倒杯酒嗎？」

我立刻將威士忌倒進他的杯中。

「記得加奶茶。」他說，「你知道嗎，喝醉之後，再喝甜的，會醉得更快。」

我點了點頭，將混好的酒遞給他。

他喝了一口，自顧自的說：「你知道嗎，我白天的工作在一人之下，萬人之上，那樣的位置讓我感到窒息，那種壓力逼我擺出架子……」他的語速愈來愈慢，聲音也愈來愈小，小到幾乎要聽不見。

「蔡哥，你醉了嗎？」

「是的，我喝醉了，如果我口齒不清，請不要責怪我，請讓我任性。」他說，「我已經有年紀了，也有了身分地位，沒辦法在外面世界露出我的真面目，這讓我喘不過氣。」

「嗯……」

「我時常在想，為什麼我身為同性戀，卻又要像個男人般的活著？上班時板著臉孔的我，並不是我。好的，我有錢、有地位，可是我卻必須偷偷摸摸的跑來這兒，才能得到我真正想要的，你知道這有多痛苦嗎？」

「男公關何嘗不是如此！」我心想。

我替他倒了一杯酒，也替自己斟上一杯，說：「先喝吧。」

我們默不作聲，坐在沙發上若有所思。

「小元，你也醉了嗎？」

「有一點。」

「我喝醉了，但我腦袋還是很清醒，當我喝醉的時候，我想得到一個吻。」蔡哥瞄了我一眼，幽幽的說，「我知道你醉了，但如果你不願意，那也沒有關係，我不想造成你的麻煩。」

我抬起頭，看著蔡哥黝黑的臉龐，無神而下垂的眼睛透露出既期待又怕受傷害的訊息。我彷彿可以看見蔡哥坐在辦公室，穿著燙得漿直的襯衫，用不帶感情的話命令下屬做事，與現在在我眼前對我有所請求的蔡哥完全相反。

我還是遲疑了。

這個要求，我沒有勇氣做到。

「難道，」他充滿了無奈，語氣近乎懺悔，「一個喝醉的同志想要得到一些慰藉，對你來說有那麼困難嗎？」

我癡癡的望著酒杯，希望可以藉由裝醉來忽略這件事。

此刻，時間凌晨五點，剛好是最酒酣耳熱的時段，音樂持續放送，依然大聲，千篇一律。今天生意非常好，各桌間傳出轟聲雷動的歡笑聲，以及觥杯交錯的玻璃碰撞聲。但我好像在看一齣電影，置身於事外。

「小元，你太俗辣了，我做給你看。」從斜角插來一道聲音。回神一看，阿沁將蔡哥的頭抬起，嘴對嘴，親了下去。

「你看，這有什麼困難的？」阿沁抬起頭，對著我說。

這突如其來的動作，粉碎了我心中種種顧慮，我沒有理由限定自己只與異性接吻，而與同性就不行，連阿沁這樣一個沒有接觸過任何女性主義理論的男公關都可以做到了，我怎麼可以這麼害怕？更何況，蔡哥可說是我上班以來，最喜歡我也對我最坦承的客人之一，即便站在敬業的角度，我也必須答應他的要求。

忽然間，天人不再交戰，一股勇氣從心田裡擴散到身上每個細胞。

我不動聲色的把嘴湊到蔡哥嘴邊，親了下去。他的唇很軟，和女生沒什麼不同。

三秒鐘過去。

我把嘴移開，蔡哥露出滿意又略帶嬌羞的神情，整個人扭捏起來，雙手放在大腿上，輕輕的在我耳邊說：「謝謝你，我很開心。」

之後，秉儒悠悠轉醒，阿沁買了粥回來，一口一口餵蔡哥吃。我和蔡哥坐得很近，兩人之間的距離因為一個吻而拉近許多，我心中已經沒有太多恐懼，原來，只要放手一試，突破心中某種既定印象，就能讓自己感到如此坦然。

我和阿沁與蔡哥接吻的消息，不知何時傳到小翔與鬼鬼的耳裡。他們恥笑我，我則滿不在乎的回應。因為我知道他們的嘲笑不是惡意的，反而還帶有一絲絲敬佩之感。

有人排斥同志，我尊重，那是他們的選擇。

同樣的，就算我被他們戲稱為「專吃同志的殺手」，卻也沒有因此被排斥，換句話說，這也是他們尊重我的表現。久而久之，也許是膩了、習慣了，每當我坐上蔡哥的檯，他們也沒說什麼。

一切的變動都在小細節中慢慢發酵。我相信，只要做自己認為正確的事，小小的改變也有辦法動搖結構。

5

「我他媽的出生在流氓世家，每天看的都是這些事，而我那流氓老爸卻叫我走正途，你說我怎麼走？」阿沁緊緊握住我的手，操著臺語，用滿嘴道上兄弟的腔調對著我說。

「我告訴他，我做給你看。」他仰頭乾了一杯酒，也替我斟了一杯，示意我喝下，「本來我也和你一樣，一個客人都沒有，但我現在好歹也混到了經理，一個禮拜固定拿五千、一萬回家，這樣我老爸還有什麼話好說？」

我沒有講話，點頭稱是。

「你是臺大的，肯定比我聰明許多。我的條件多麼差！你應該不知道吧！跟客人說我二十歲，是騙人的，現在我告訴你，我才剛滿十八！」他又喝了一杯酒，眼珠子像魚一樣凸了出來，「你有什麼困難儘管告訴我，你有盡力發名片嗎？你在檯上有做到百分之百的努力嗎？我可以現在直接答應你，你要發名片，一通電話給我，我他媽的立刻去陪你。你對坐檯有疑問，或是別組的人膽敢欺負你，我幫你討回公道！」

我的手被他握得更緊了。

「連我這樣的瘋子都能做到，難道你做不到？」他頓了一下，「你要離開，說實話，我覺得很可惜……」

一個禮拜前，我敲了敲辦公室的門，準備說出那藏在我心裡起碼一個月，卻遲遲不敢說出的話。

※　※　※　※　※

向公司表明自己的身分，是一件多麼令人害怕的事。

老闆孝哥為我開了門後就坐回辦公桌，低下頭來忙著泡茶，說：「找我有什麼事？」

這間辦公室很小，約莫兩坪左右，右上方的神桌供奉著一桌神明，後方一面大白板密密麻麻的寫滿行事曆與人生短語。桌上一套茶具十分齊全，鐵製茶壺滿滿的鏽斑可見其悠久歷史。

我挑了張椅子坐下，戰戰兢兢的說：「孝哥，我想離職了。」

「哦？」他看了我一下，神色平靜的說：「有什麼原因可以讓我知道嗎？」

「沒什麼特別的，只是我覺得我不適合這份工作。」

他沒有講話，室內除了蒸氣冒出的波波聲之外，別無聲響。

「在我們這裡，」他將頭抬了起來看著我，「進入與離開，都是自己的選擇，我沒有任何意見，只是你一定要和秉儒大班好好聊聊，他應該才是真正會有意見的人。」

「我和他談過了，他也沒有意見。另外，」我深吸了一口氣，上吧，「是這樣的，其實我在學校那邊申請了一份研究計畫，我想以我在這邊工作的經歷作為主題，不知道你答不答應？」

「嗯？」他看了我不超過兩秒鐘，神色自若的說：「只要不是虛構的、負面的，都可以寫。」

「真的？」我不太相信這答案來得這麼容易。

「那當然是真的。」他拿起茶壺替自己倒滿一小杯，茶香溢滿整個辦公室，「我們這個行業有太多負面報導，你不要像那些人就好。」

「謝謝孝哥！」

※　※　※　※　※

「……小元你喝的夠不夠啊？最後一天了，不把你灌醉怎麼行？還是你乾脆繼續留下來？」

現在早就過了下班時間起碼一個小時，阿沁仍在挽留我，那狂野的姿態、兄弟的架勢，我想，這大概才是他真正的樣子吧。

「你走了誰陪我喊拳？」鬼鬼笑的時候，眼角總是會出現魚尾紋，我想我之後肯定會懷念辛苦練拳的時光吧！

「小元，我也有話要對你說。」秉儒大班忽然雙手插腰，板著臉說：「還我一千元，那是上次去六福村你欠我的錢。」

「哈哈哈哈！」眾人一陣爆笑。

「我還以為你有什麼嚴肅的話要說，原來是要錢來著！」我從口袋掏出一千元遞給他。然而我知道，我欠他的根本沒這麼少。

早上十點了，我起身離開，秉儒大班送我到門口。外頭的陽光十分刺眼，他說：「好啦，那就再見啦。」

我走向前，與他相擁。

「秉儒，你是整間店最照顧我，也是我心中最正直、最好的大班。」

他笑了一下，沒有答話。

我看著他下樓的背影，遙想著，身為一個大班，肯定要經歷不少這樣的場合吧！我的離開，意味著後頭必須有人補上，他就像是一座燈塔，提供船舶停靠，卻又必須看著潮起潮落，那種不斷經歷相遇與分離，卻又苦苦撐住那片天空的感覺，是什麼滋味？

在這裡，彷彿人世間所有的情緒，包括喜悅、憤怒、包容、憎恨，通通放大過後匯集了起來，然後再混雜著酒味與菸味，交錯成一幅具體而微的台北浮世繪。而當你拉近一點來看，你會發現畫中每一道筆觸都力透紙背，直通你心底最深處。

再見了，鑽石仕女俱樂部。

第十章

大畜：我為什麼要當男公關

#1

結識石震鵬，是我上大學後的事情。

那年，我懷著「打擊社會不公，推翻資本主義」的遠大夢想，考取臺大社會系後，在新生茶會碰見了他。那時他默不吭聲的坐在角落，也不跟人互動，連上臺自我介紹時，都帶著木然的表情，只說一句「我叫石震鵬，大家好」就草草下臺，隱沒在人群後方。

就算如此短暫，他還是給我留下了深刻印象。一來，我覺得他神色自若的態度並不是害羞，而是他這人的原本性格；二來，當年十八歲的我，氣燄正盛，將心比心的推論這人刻意要「跩」，故作神祕，讓我暗自生出莫名的較勁意味——你愈故作冰冷，我就愈要試探你的能耐。

這所謂的「較勁」乃是相當微妙的一件事，我既想與他當朋友，又不願拉下臉來主動與他攀談。當好不容易碰上了，卻又什麼話都說不出口，我害怕被他猜中我心中的想法，而令我顏面盡失。

隨後，我加入了一個有悠久社會運動歷史的社團，為自己心中澎湃洶湧的正義奮鬥去了，久而久之，我淡忘了石震鵬這個人。也許，上必修課「社會學甲」時，他曾坐在我隔壁一同聽課；也許，我曾經與他在體育課時打過籃球，但對他的印象的確模模糊糊。

但奇怪的是，偶爾我在圖書館挑燈夜戰時，卻會猛然想起他。而當我試著問身旁的同學：「你知道石震鵬最近在做什麼嗎？」他們卻總是搖搖頭，說記不起來，又繼續埋首書堆中；更甚者，還會露出疑惑的表情，回我：「我們系上有這個人嗎？」

即便大家都將他遺忘了，我還是忘不了他。大一到大三，我幾乎花去所有時間投入社會運動。我曾經被警察粗暴的扛上警備車，載到荒郊野外野放；也曾經在行政院前發起活動，差點被舉牌三次，以「集會遊行法」遭到起訴；我在社團中當上幹部，帶著學弟妹們前往各地鄉間，過著白天做田野調查，晚上搞討論批鬥的日子。

身為一個懷著孤高理想的社會運動青年，內心是無比寂寞而孤獨的，我燃燒青春與國家巨獸對抗，它卻依然在我面前轉動，毫髮無傷。我抱著滿身傷痕，想向老朋友一吐苦水，卻赫然發現我們之間已然產生巨大鴻溝，因價值觀的落差而活在不同世界。於是，不知怎的，每當我悵然若失之際，石震鵬的樣子就會在我腦海中出現，他能獨排眾議，像一支穿透眾人的箭，直通我內心最幽暗低微之處。

直到大三時，石震鵬才重新出現在我的面前。

那時我修了一門女性主義理論的課。我的選課動機十分偉大，我認為臺灣的社會運動環境時常被詬病「陽剛氣息太重」，而女性主義可以提供給我一個新的視角來反省自己。所以，我課前認真的把讀本念完，課堂上認真聽講，並深為教授的學識涵養與女性主義的批判性格深深吸引。

課程進度來到「女性主義流派介紹」，老師剛解釋完「自由派女性主義」，講到：「馬克思女性主義這個派別的女性主義者認為，勞動的異化並不僅限於男性，女性的家務勞動工作也會面臨異化的危機。」石震鵬瘦高的身影突然從人群中站起，鶴立雞群般的與老師激動爭論起來。

我印象很清楚，石震鵬不是直接反駁女性主義的內在邏輯，而是挑戰這個學說存在的必要。他振振有詞的說：「當我們懷抱遠大人類和諧的理想時，我們可曾停下腳步，思考過人類集體的未來？我們有一個完整的藍圖，並能確定這是大家都想要的嗎？依我看來，這種觀念只滿足理論家個人的狹隘想像，而我們只是在他們的想像中徘徊罷了。」

老師好似被這突然其來的舉動嚇到了，我想她的教學生涯中，大概沒碰過如此踰矩的學生，但她還是用不溫不火的態度說：「其實，我也相信沒有哪個理論絕對客觀而正確，一定與該理論家當時的社會風氣與個人經歷有關。而我們現在要學的是如何踩在前人建立的基石上，繼續往前走……」

「鬼扯！鬼扯！」石震鵬激憤的打斷她的話，「我們要踩去哪兒？然後為什麼要踩著別人的東西往上？人類非得緊抓『上進』的執念嗎？這種態度和妳們所反對的『男性霸權』還不是一樣？更何況，妳們……」

「你這個沙文主義的幫凶」、「裹足不前的保守者不配在社會系上課」此時，臺下幾個女學生紛紛站了起來，嚴詞厲色的打斷石震鵬的言論，整間教室陷入唇槍舌戰的混亂當中。最後，老師放大音量說：「我們要尊重所有的言論。」結束這場鬧劇。

那時，自詡為「改革青年」的我，自然也容不下石震鵬這般言論，但是，當我聽到他最後那句幾乎被淹沒的話——「更何況，妳們曾活在那個世界嗎」——卻突然放下心中的成見，轉而對他的中心思想產生好奇。

下課後，我主動向他搭訕，一同走到二樓的看臺抽菸。他竟意外的多話，但大多是質疑式的問句，而不是完整而具說服力的理論。於是我向他說：「雖然我現在不認同你的說法，但如果你能將它整理清楚，應該能發展出不錯的理論。」

他好像陷入某種回憶，突然沉默了起來。過了不久，他說：「我腦袋裡是有理論的，而且我自認相當完整，但是誰會相信呢？」

「我相信你可以的。」我拍拍他的肩膀。

我們又聊了一陣子，感覺已沒有剛才認識時那般生疏了，我試探著問他：「你剛才說的『那個世界』是指什麼呢？」

他臉上竟生出怪異的神色，拋下一句「當我沒講」就走了。

#2

後來，我陸續與他約了幾次飯局，關係漸漸熟稔。那段時間，我們的交往非常微妙。我們不常見面，但一見面就講個不停。他從不過問我的私生活，我也好像感受到一種默契似的，不打聽他的過去。

我們的話題始終圍繞在抽象的「人類未來的集體想像」上。

有時候，我的理論太過理想，理想到連我自己都覺得不好意思，他會毫不客氣的潑我冷水；有時候，我覺得他明明對世界抱持著期望，卻始終被一種詭異的陰霾籠罩住，好似刻意壓抑自己，令我生起莫名的火氣。

我們好幾次針鋒相對，但每當我一把火上來，他便看著我的後方，露出奇怪的眼神說：

「這樣做對你不好。」我往往立刻冷靜下來，一邊想著這句話奧妙的含意，一邊思考我自己是否不理性而有失客觀。

然而，說到底，我這麼努力的與他談話，無非還是想了解他所說的「那個世界」。我曾猜測「那個世界」只是他一時腦筋錯亂的胡謅之詞，也可能根本只是他在耍「跩」，故作神祕。可我又覺得那天他與老師講話的激憤神情，不像是騙人。

某個晚上，他竟然主動打電話約我喝酒。我雖然感到意外，但還是欣然赴約。一到約定地點，只見他拿著高粱猛往嘴裡灌，把我嚇傻了。他說：「這樣能忘卻煩惱。」我們就這樣邊聊邊喝，一會兒，他竟醉眼惺忪的看著外面一對爭吵的情侶，喃喃自語說：「看他們身上巨大的黑暗物質。」我嚇了一跳，心想這傢伙難不成看到「好兄弟」了？

我開玩笑的問他：「那我身上有嗎？」沒想到他竟「哼」了一聲，說：「身上沒有的人大概要成佛了。」頓時，我好像相信他真的能看到些什麼，並立刻將「那個世界」與「黑暗物質」聯想在一起。

起初，我以為他有陰陽眼，一輩子看過太多生死，才有著如此悲觀的性格，但經過追問，他竟然娓娓道出了他在「那個世界」的經歷，一點都不含糊！

聽他講完後，我覺得情節太過怪力亂神，但還是將信將疑的問他：「如果真的是這樣，那我們的未來豈不是太悲慘了？」

他笑了起來，又灌下一大杯高粱，說：「未來……在哪裡？哼，你以為我願意去想這個問題嗎？我以為在他死後，我就能解脫，再也不必看見那些東西，也不必去想這個問題了。」他轉過頭來，露出可怕的表情，「誰知道，這能力已經深植我心，逼迫我每日每夜無止盡尋找答案！」

我被他一席醉話給弄得七葷八素。

「你不懂的啦，我現在也說不清。明天帶你去見一個有趣的傢伙，他有與我不同的見解。」他說完後，我們約了時間地點，各自解散。

隔天一早，我們在台北盆地邊緣的登山口前集合，一路上盡挑小徑，往宜蘭方向走了約莫兩個小時後，前方突然出現一座經過整理的小平臺，上面立著一棟結構微傾的小木屋。石震鵬踏著熟悉的步伐走過去，在小木屋後方像是廚房的地方，與一個打著赤膊的高大男子互相擁抱。他向我介紹這個男子就是與他一同前往「那個世界」的陳穎禮。

而他用「對黑暗物質抱持半信半疑態度的朋友」來介紹我的。

陳穎禮非常歡迎我，還說我是這裡的第一個客人。

挑了小平臺邊的瞭望點坐下來後，陳穎禮托出一盤剛烤好的肉，我們一夥人吃了起來。席間，他向我解釋他尋覓這個地點很久，而我現在所見的建築物，都是他獨力完成的。

我問他：「你在這裡搞棟屋子幹嘛？」

他「哈哈」笑了兩聲，有點不好意思的回答：「建立一個避世的桃花源。」

沒想到，這個話題一開，他們竟辯論起來了。起初，我聽得一頭霧水，但聽了一陣子後，簡單歸納就是，石震鵬認為他們兩人應當抱持入世態度，阻止人們毫無節制的進步；而陳穎禮則持著比較玄妙的觀點，他認為心靈與萬物共存，頻率相仿者共鳴，不同者也有各自存在的目的，因此只要改變自己的心靈，就能產生新的頻率，世界也就改變了。

兩人唯一的共識就是繼續經營這個據點，當作實驗也好，暫時的聚會所也罷。

吃完飯後，陳穎禮拿出菸分給大家，笑著說：「我這裡什麼都不缺，只缺香菸。以後要來拜訪我，記得帶個兩條來。」

我們聊了一陣後，我問：「你們抽了大麻後就突然掉到那個世界，有沒有可能只是幻覺？」

石震鵬聽言跳了起來，說：「不可能！如果是幻覺，怎麼可能兩個人一起去？怎麼可能那麼完整？」陳穎禮則沉穩的說：「不論真假，我都把它視為一段人生的經驗。」

就這樣聊到下午，我起身告辭，陳穎禮挽留我在這裡過夜。我說明天有個必須參加的重大抗爭，一定要走。最後，他們送我到半路，揮手告別。

#3

此後，我便能大方與石震鵬聊起「黑暗物質」與「那個世界」，也陸續上山與陳穎禮相聚過兩、三次。坦白講，我對這些事情的存有與否仍半信半疑。其實我挺相信諸如「靈魂」或是「氣場」這種玄妙物質的存在，但那也僅止於「相信」，不會讓我產生「信仰」。真正吸引我與他們交往的，說到底是他們的「性格」，一動一靜，一個入世，一個出世。看著他們真摯卻又執著的辯論，再看著「據點」一天一天建立起來，似乎能讓我感到安心，充分洗滌我因社會運動產生的負面情緒。

後來，石震鵬興高采烈的跑來向我說，他已經構思好一套——既不必提到黑暗物質，能避免它被投機分子利用，又可以用種種證據阻止人類盲目進步——一本名為《人類的現況與未來》的書，並且說他已經辦妥休學手續，準備搬到陳穎禮那裡潛心寫作。

我想告訴他：「你這樣子做，反而接近許多環境主義者所持的『反開發』立場，終究不也還是一種『進步』的『平等』觀念嗎？」但我看見他信心滿滿的眼神，又想到有陳穎禮與他作伴，硬生生將這些話吞回去，轉而說：「祝福你找到答案。」

在這之後，我升上大四，面臨生涯規劃的焦慮。一個搞了四年社會運動，又學社會學的人，到底接下來要怎麼走？升學？我好像沒什麼把握；出社會工作？卻又沒什麼工作適合我。我光是忙著處理自己的事就不可開交了，他們也正為了理想而奮鬥，我們之間暫時沒有來往。

後來，我在偶然的機會下接觸到「男性氣質」這個概念，猛然發現衍生的一連串討論，竟好像是「黑暗物質」這廣大抽象意涵的一個重大環節，於是我立刻帶著文獻，準備上山，迫不急待的想與他們分享我的新發現。

然而，當我走了兩小時的山路，到了那座小平臺時，卻發現空無一人，只看見一棟小木屋和建造一半的建築物。

我走進屋內察看，人沒見著，倒是看到書桌上擺著一張紙，紙上用毛筆字寫著：

有自覺的反省自己，再由自己觀照集體人類的命運。

我走出屋外，呼喊他們的名字，沒人應聲。最後，我也累了，索性在瞭望點坐了下來，抽起一根香菸，然後看見旁邊地上擺著一支抽到一半，軟軟爛爛的怪異捲菸。

无妄：出來面對！

離開「鑽石」後，我花了半年的時間撰寫論文，並將它取名為〈酒店男公關的情緒勞動與男性氣質——一個民族誌的探索〉，順利呈交給國科會。

那個晚上，檔案甫一上傳，國科會的作業系統就自動為我建立一份可線上觀看的文件檔。寫論文的這大半年，已經有不少朋友表示想看我的作品，於是我將文件複製下來，分享在我個人的臉書上，希望能讓更多人看見。

沒想到，在我把論文公布後，電子信箱立刻被塞爆，手機頻頻響起，全都是平面記者的採訪邀約。

我慌了，信件一概不回，電話中的問題也都花不到三分鐘的時間簡單帶過。

隔天一起床，連上網路就看到朋友傳來一張照片。打開一看，《自由時報》以頭版報導我的新聞，標題題為：「為論文下海，台大生當男公關」而頭條的另一則新聞則是一樁當時錯綜離奇的殺人案。

「我現在的話題性已經可以和殺人犯比擬了？」我心想。

那天的情況更糟糕，中午過後手機鈴聲幾乎沒斷過，電子信箱還多了電視新聞的採訪邀約，數一數，幾乎所有的媒體單位都齊聚一堂，可以開記者會了。

於是，我將手機關機，並第一時間向我的指導教授李明璁求救。他一接起來，還不用跟他解釋，他就說：「我都知道了，我也被媒體煩一整天了！」

討論過後，我們得出兩個原則：一，不露臉，露臉就會變成炒作「個人」，而不是認真探討男公關這個行業；二，一切回答只在論文的範疇內，不多談額外的。這樣一來，媒體們只能摘錄我的論文，無法做太多不必要的猜測。

本來以為這樣做就萬無一失了，當天傍晚過後，我剛走到我當時工作的地方，就看到兩個男生衝出來，表明自己是《蘋果》的平面記者。

我心裡感到一陣憤怒，但他們表示為了追這則新聞，已經在這裡苦候多時，加上他們態度不壞，我的真面目又已經被他們看到了。於是，我把心一橫，心想「我不回答太超過的內容」，便和他們坐了下來。

果然，他們的問題大部分都集中在「我」個人身上，甚至，他們適才還親自去尋找「鑽石仕女俱樂部」，找不著反過來問我可不可以告訴他們地點。

「你們當然找不到，論文內一切的名字都是化名。」我說，「之所以要這樣做，就是要避免不必要的麻煩，那我現在又豈能告訴你？」

「就是為了防止像你們這種只想窺探別人隱私的媒體！」我在心中大喊著。

就這樣，關於「我」的新聞在媒體上持續延燒。所幸，大體而言，他們的報導內容沒有偏離主題太多。

一般民眾對我的評價正反兩極，支持者讚美我的勇氣，反對者則用「臺大男伎」等等難聽字眼形容一個受高等教育的人自甘墮落，只不過是個專走歪路的瘦弱娘娘腔。

面對這些質疑，我一點都不生氣，反而感到高興。一直以來我都相信，一則言論受到的爭議愈大，就表示它愈成功。試想，如果大家都不在乎這件事，那還有誰會花時間與人辯論呢？

除此之外，我也在這件事裡面看見一套價值觀：「高學歷」的「男性」不該「下海」從事八大行業，更不該領國家的經費做不入流的研究。這個邏輯，在我眼裡是傳統且保守的，他預設男性必須出人頭地，當社會的楷模，而我則破壞了這個道德觀。另一方面，從主要反對者都是男性這點來看，男性本來就身為社會上的既得利益者，自然不希望有我這樣的人出現。

然而，我心中卻有另一個關乎倫理的大問題懸而未解，那就是，我的研究者身分只有讓老闆孝哥一個人知道，其他男公關則一概不知。如今，我的事情已經鬧得沸沸揚揚，他們有可能不知道嗎？不可能。那麼，他們會不會有被我欺騙與隱瞞的感覺呢？

如果有的話，我無法原諒我自己。

正當我煩惱著是否要重回「鑽石」，卻又害怕面對一群憤怒的同事時，手機竟然響了。接起來，是鬼鬼的聲音：「欸，大紅人！在幹嘛？」

我鬆了一口氣，聽起來還好。我說：「在想著要不要回去看大家呢。」

「這麼巧！」他說，「我這通電話就是特地叫你回來的！」

「那太好了！」我笑了出來，「不如今天晚上我就過去。」

「等等，我想先知道一件事。」

「你說。」

「你論文裡頭的『鬼鬼』，是不是我？」

「哈哈哈哈哈！」我大聲的笑了出來，「對，那就是你！你們都看過我的論文了？」

「瑋瑋副總把它印出來放在辦公室，全部人都看過了！」

掛上電話後，我喜出望外，立刻準備出門。當我騎車到店門口，重新踏入「鑽石」時，給我的感受竟和以往一模一樣。

「你來了！」鬼鬼熱情的過來迎接我，「我們先坐下，來喊拳！」

「那有什麼不好的！」這大半年一個對手也沒碰到，我的手著實癢了起來。

唯獨改變的是我的身分。我們划過幾輪，瑋瑋副總突然來到我旁邊，揮揮手叫我跟他上樓。路上，他一個胳膊將我的肩膀勾住，說：「小元，你這篇文章寫得好，但我真正的疑問是，我到底是不是『大寶』？」

「才不是咧！」過去我和他從來沒有這麼親密過，如今卸下過去階級上的枷鎖後，更像是一對老朋友，「當初不是你面試我的啊！」

「哦，是嗎？」他說，「我面試太多人，記不住了。那難不成我是『瑋瑋』？」

「對。」

「靠！」他說，「你怎麼不把我寫得帥一點？」

「哈哈哈哈。」我又笑了出來，今晚已經笑了好幾次了，「好，如果還有下次的話，一定照做。」

「好，不過我還有一些別的問題要問你。」

他把我帶到辦公室，從抽屜拿出一疊厚厚的紙翻閱了起來（是我的論文），然後說：

「那麼，『恩恩』是不是……『秉儒』是不是……」

我心中又好氣又好笑，完全沒料到這次回來會變成機智問答。不久後，老闆孝哥進到辦公室來了。

孝哥的樣子一點也沒變，依然是中分頭，依然老神在在，依然不像是個老闆。

「孝哥，」我說，「這次關於我的事情，你有什麼看法？」

他沒有講話，自顧自的泡茶，將瓦斯爐開關「咯嚓咯嚓」的轉動著。

「沒有什麼看法……」約過了五分鐘，他將煮好的茶倒入小瓷杯中，再將其中兩杯恭敬的放上神桌。「就跟我當初講的一樣，你還記得吧？不要負面的，都可以寫。」

講完，他從一旁抄起了幾炷香，用打火機點燃後神色虔誠的祭拜著。

約過了三十秒，他向神明恭敬的拜了三下，小心翼翼的把香插上去後，便坐回茶桌前，用熱水燙著茶杯，說：「反而是你，最近應該相當忙碌吧？」

「忙啊，記者們成天追著我跑呢。」

他拿起茶壺，將黃綠色的茶湯倒進熱好的杯中，放了一杯到我面前。我望著杯子，不知該不該喝。

「喝啊，發什麼呆？」

我連忙稱是，拿起杯子喝了。我並不是會品茶的人，然而這杯茶光是香味就夠迷人了，流進喉嚨的感覺，更是芬芳。

「其實我一直很感謝你，當初一口氣便答應我的要求。」

他將被我喝乾的杯子拿過去，重新添滿遞給我，說：「沒什麼謝不謝的，在我們這裡，沒有太多規矩，但人生道理卻有不少，你學了哪些，就獲得了哪些。」

「嗯……」我又喝了一口茶，「那這半年來店裡狀況還好嗎？」

「也沒有什麼好或不好的。」孝哥笑了一下，「這個行業本來就已經不能和過去幾年相比了，你能做的，只有往前看。就像恩恩和阿沁一樣，他們都轉店了。」

「什麼？」難怪，我心想今天都沒看到他們兩人，「怎麼會這樣？」

「要留的就會留，要走的就會走，我沒有資格綁住別人。他們有什麼考量，我很清楚，而我尊重他們的意願。」他笑了一下，「就跟我答應給你寫報告，是一樣的道理。」

其實，打從一開始，公司從來沒有限制男公關的自由。想來這邊工作，直接來；想離開，請自便。要怎麼帶客人進來、怎麼處理人際關係，是男公關自家的事，公司只提供場地和一個最基本的管理。我相信，比起外面的各行各業，「鑽石」要尊重他人的多了。

我走出孝哥的辦公室，秉儒大班和一些同事們向我熱情的打招呼，並由衷的為我祝福。當我問他們是否對我的行為感到不悅，他們都先拚命搖頭，然後說：「不會啊！你寫的都是事實，而且是在幫助這個行業！」

我感到一陣欣慰，心中的大石頭終於完全放下了。這裡的男公關個個敢愛敢恨，當被惹惱時，他們直接發作給你看；而當你做了一番事業，他們則不吝給予支持，一直以來都是如此。

這種不矯情而坦率的個性，不就是人性中最原始而可愛之處嗎？人人皆做作，卻又表露無遺且彼此心知肚明，直接用「話術」指責對方；人人皆虛偽，卻又虛偽到乾脆而徹底，深怕你不知我的城府。當我試著把男公關與網路上漫罵我的網民作比較，深深覺得外面世界的人才是真正無法包容別人，固守在自己狹隘價值觀中又不知變通的人。

想起那兩個月的時光，當我身在其中時，他人的眼光、往上爬的慾望、人性的醜惡，像是無比沉重的重擔壓在我肩頭，使我相當痛苦。但現在回頭去看卻赫然發現，與其責怪這個制度與環境，不如說這一切念頭都是「我」賦予自己的——如果我是個毫無感受能力，而沒有絲毫慾望的人，又怎麼會感到痛苦呢？

因此，我十分開心當初能感受到這樣的痛苦，這讓我活得更像一個人。

謝謝「鑽石」的所有人，你們毫不遮掩的虛偽讓我知道什麼叫真誠，你們毫不遮掩的真誠又讓我知道什麼叫不同於虛偽的「虛妄」。

謝謝所有人與「鑽石」本身所構築的「環境」，讓我在你們其中生活，而能了解「我們的世界」與「你們的世界」的同與不同。

也要謝謝當時的我，真是辛苦你了。

延伸閱讀

一、如果你對本書學術的部分有興趣，可以先參考我的論文：〈酒店男公關的情緒勞動與男性氣質——一個民族誌的探索〉，它沒有出版，但可以在國科會的網站上找到。

二、關於男性氣質，我推薦三份著作，第一份是濫觴，第二份是大陸學者的研究，第三份是在臺灣軍中被實際運用的例子：

1 Connell R. W.（2003）：男性氣質（*Masculinities*），柳莉、張文霞、張美川、俞樂、姚映然（譯），北京：社會科學文獻出版社。

2 方剛（2009）：男公關：男性氣質研究，中壢：國立中央大學性／別研究室。

3 高穎超（2006）：做兵、儀式、男人類：臺灣義務役男服役過程之陽剛氣質研究，國立臺灣大學社會學系碩士論文，臺北。

三、情緒勞動已經很多人探討，它的源頭是出自：Hochschild, A. R.（1992）：情緒管理的探索（*The managed heart: commercialization of human feeling*），徐瑞珠（譯），臺北：桂冠。

四、關於娼妓研究，首推紀慧文的著作，作者與我一樣親自赴酒店工作，只是她探討的性別是女性。

紀慧文（1998）：12個上班小姐的生涯故事：從娼女性之道德生涯研究，臺北：唐山。

五、關於男公關：

1 張家銘、彭莉惠(2003)：性工作與性消費的「性別意涵」：質性訪談民眾對「牛郎/小姐」vs.「男客/女客」的態度分析，2003年台灣社會學會年會暨「邁向新世紀的公平社會—社群、風險與不平等」研討會，台灣社會學會與政大社會學系合辦。

2 吳翠松(2003)：酒店男公關之研究，收錄於何春蕤(編)，性工作研究，頁95-144，中壢：國立中央大學。

六、關於性工作在哲學與倫理上的爭議，甯應斌有很精彩的分析：

甯應斌（2004a）：性工作與現代性：現代自我的社會條件，臺灣社會研究季刊，53期，頁85-143。

——（2004b）：再論性工作與現代性：高夫曼式的詮釋分析，臺灣社會研究季刊，55期，頁141-224。

VIEW系列022

暗夜裡的白日夢：酒店男公關與我們的異視界

作　者—謝碩元
插　畫—瑞奇
主　編—顏少鵬
責任編輯—麥淑儀
責任企畫—張育瑄
美術設計—蘇品銓
發 行 人
董 事 長—孫思照
總 經 理—趙政岷
總 編 輯—李采洪
出 版 者—時報文化出版企業股份有限公司
一〇八〇三　臺北市和平西路三段二四〇號三樓
發行專線—（〇二）二三〇六—六八四二
讀者服務專線—〇八〇〇—二三一—七〇五・（〇二）二三〇四—七一〇三
讀者服務傳真—（〇二）二三〇四—六八五八
郵撥—一九三四—四七二四時報文化出版公司
信箱—臺北郵政七九～九九信箱
時報悅讀網—http://www.readingtimes.com.tw
電子郵件信箱—newstudy@readingtimes.com.tw
時報出版愛讀者粉絲團—http://www.facebook.com/readingtimes.2
法律顧問—理律法律事務所 陳長文律師、李念祖律師
印　刷—勁達印刷有限公司
初版一刷—二〇一四年三月十四日
定　價—新臺幣二八〇元

⊙行政院新聞局局版北市業字第八〇號

國家圖書館出版品預行編目資料

暗夜裡的白日夢 / 謝碩元作 . -- 初版 . -- 臺北市 : 時報文化 , 2014.03
面 ;　公分 . -- (View ; 22)
ISBN 978-957-13-5924-3(平裝)

857.7
103004054

ISBN 978-957-13-5924-3
Printed in Taiwan